浅笑慰流年

梅子——著

中国文史出版社

图书在版编目（CIP）数据

浅笑慰流年 / 梅子著 . -- 北京 : 中国文史出版社，2020.12

ISBN 978-7-5205-2836-8

Ⅰ . ①浅… Ⅱ . ①梅… Ⅲ . ①散文集–中国–当代 Ⅳ . ① I267

中国版本图书馆 CIP 数据核字 (2020) 第 253917 号

责任编辑：金　硕

出版发行	中国文史出版社
社　　址	北京市海淀区西八里庄路 69 号院　邮编 :100142
电　　话	010–81136606 81136602　81136603 81136605（发行部）
传　　真	010–81136655
印　　装	阳谷毕升印务有限公司
经　　销	全国新华书店
开　　本	650 × 960　1/16
印　　张	15
字　　数	180 千字
版　　次	2021 年 4 月北京第 1 版
印　　次	2022 年 3 月第 2 次印刷
定　　价	48.00 元

目 录

Contents

第二辑　鸿迹

第三辑　尘缘

第四辑　清欢

第五辑　流年

第六辑　舐犊

序：最好的路，是独自圆满

有诵经感。

清音绕梁。

五月的滂沱雨水里，读完梅子最近六年的字，十八万。不算多，每篇都不含糊，有梅子式的样子，一枝是一枝，一朵是一朵。一，就够了。

——见灵魂肖像。

有人说，阅读的本质是如此。

读梅子，似乎正应了这说法。

越读越觉得这一次眼底走字，是一回回与梅子灵魂相逢。

读梅子，让我想起几次旅行所见，青海的云，纳木错的绿，大洋路望去的蓝，最初都有点让人难以相信，因为平时遇见满面尘灰的时候太多，太多，猛然见到纯净的天空，倒蒙了。

只傍清水不染尘。这话太符合梅子，她的人与文。

不过，梅子之文并非一泓清水，对自己，对世界，她有清晰的认知，她活在一个简单而爱意充足的世界，这使她保存了女孩式的柔软。同时，她的精神没有停止过探索，阅读、冥想、行走，都让她对现实世界与人性不失清醒认识。

单纯而丰富，是梅子的自主选择。

素与简，是通读梅子所能轻而易举拈出的生活方式、审美理念、情感选择。篇篇章章，声声断段，读到梅子写父母、童年的家、乡村小学的启蒙老师们，连成一片，豁然开朗，素简之于梅子，那是血液事。一言以蔽之，以一为美，为足，为好。

记得伍尔芙说过：女儿总是以母亲作参照来看待女性。可能，我更极端一点，会直接把一个母亲对女儿的影响放至她会怎么看自己，怎么看世界，以至怎么进入未来的生活。

梅子的母亲，正是我熟悉的那一类，善良，勤劳，朴素，温暖，爱家，爱干净，不靠言语知识道理教育孩子，而是在生活中以密密实实的具体之爱滋养孩子，这样的母亲，最是润物细无声，几乎奠定了儿女的雏形。

梅子不止像习惯了妈妈的味道一样习惯了简素之美，同时，在长期清简的故园生活衍生了自己的思想与想象空间，正是素与简，让她从不让自己陷入眼目声色的纷乱，而能充分地体会——静，“静故了群动，空固纳万境”，苏轼这句正写出空静与丰盛的神奇链接。梅子也一再有这样的自我觉察，“静谧的黑暗中，一切纷扰戛然隐退，唯与自己深情相拥，心灵的世界如此真实简洁，想做的事，要走的路，挂念的人，最想过的生活，犹如光阴淘洗中静默的灯塔，赫然地、暖暖地亮在前方。那一刻，忽然明了，为何油灯竹简的年代精神的世界那般繁荣。”这一段，仿佛一个人内心持火而行的洞悉之路。

素与简，不只是梅子的生活方式和审美品格，这不是君子内求吗？“这一两年来，常常感到一种空前的安谧和满足，有时甚至是无缘无故。”读着读着，有了这种体认，向外看，世界很大，再大也有边界，向内看，入口很小，对于充沛的心灵，却自有无限风景。“我的拥有就在我身”，这样的话，从梅子这里读到，与贫富无关，与欲望无关，与能力无关，与命运无关，这是一种生命的认识论，我相信梅子是穿透了世界的虚与实之后，抵达了这样的本质。这样的认识，已经足够让人放心。

童年乡村的那些老师，是陶塑梅子的另一股无形力量。

梅子的小学老师，我一个也无缘见过，借着梅子的文字来认识她，他，他们，读到一个就让人真心地敬爱一个，如见远山中不灭的一闪一闪的无名微火，这些素朴的爱孩子爱知识的乡村教师，真让我辈汗颜。

梅子后来成为孩子们格外喜爱的梅子老师，在想，有多少是出自自己的慧根，又有多少对从前老师们的传承呢。也许，都有。

梅子是一个有些另类的老师。读梅子那些教育篇章，我一次次被打动。一个人什么都不怕，就怕认真，梅子是个多么认真而用心的老师，虽然无缘听她的课，可从她的文字中和孩子们的合影中，我真的见到了一个让人爱不尽的美好的梅子老师。那种对生命的关怀，那种不流俗的慢半拍，那种让孩子只做孩子的态度，我相信每个梅子的学生在她那里真正得到了爱和教育，而非仅仅是读书识字。又忍不住想，中国那么大，一个梅子怎么够用。

作老师的梅子，我特别特别喜欢。

一个人的阅读史是一面镜子。

一个人阅读出什么更是一面镜子。

素简的梅子十分之爱读书，且阅读范围很广泛，这面镜子最见梅子的精神高度与广度。

梅子曾说，生活中远离冲突，这是一种天性吧。再温善的人，内心也有自己的尺度，只是有些不借言语。那些阅读笔记中，可以读出温婉之后思想与喜恶更深沉的另一个梅子。这一部分，也可以认识一个让人觉得过瘾的梅子，绝对不用春秋笔法，倒是楚河汉界分明的一种读法，往往能一下子戳中羽毛隐藏下的现实黑洞，感性而真实，犀利而清醒。

一个人的爱情观里藏着最大的人生观，梅子心性淡泊，并不多议论人间世，只是读及感情时，态度是非常直白凛冽的，是易卜生似的“一”或“全部”的黑白分明，这时，会觉得梅子可以作诤友，不妨叫情感泥潭中的女子们读读梅子，是夏日饮冰，可以清醒也。

不调和。不掩饰。更鲜明。

墙，就在那儿，但不是谁都会撞上去；河，就在那儿，但不是谁都会失足落下去。为什么撞伤的人是你？为什么溺水的人是你？性格决定选择，选择决定命运的走向，恰如宫崎骏的精彩台词：“所有的开始，其实都是一个写好了的结局。”严格地说，不存在谁毁了谁，这个世上成全自己和毁掉自己的，永远都是自己。这，并不仅仅局限于爱情的范畴。

这里只举一个例子，张爱玲是梅子敬重也热爱的作家，她写张也有数次，可她还是写下了这段或许让张迷不那么喜欢的真话。在别处，我只读到过人们对胡的批判，从未读到张也当有自省处的文字，在梅子这里读到这段，格外让人深省。世上感情事还真是一个巴掌拍不响，很多女性的不幸让人垂痛，可仔细想想，人都是有自主性的啊。的确，没有谁能给谁幸福，谁能造成谁不幸，除了自己。这里，我认为梅子不过是在借张说事，并非指责什么，主要是在表明自尊独立的女性立场，这种立场，看起来凉，喝下去是有益的。

整个阅读过程中，感到梅子在一道门槛前徘徊甚久。

磨难出诗人，同样，现世安稳有时恰恰可以让人不折腾，可以专注于自己的精神世界。从某种意义，梅子自身的好，使得她现实生活中的所遇是一种好遇上好，水到渠成，自然而然。

梅子衬得上她所拥有的一切幸福。

她描写的日常生活里有众生啊，那些简单的，痴傻的，认真的，珍惜的，调皮的，种种读来总让我会心一笑，再一次证明，生活合该这样简单，这样生活，即使一家人不说话，或一家人滔滔不绝，一家人忙大事，或一家人什么都不干，都十分美好。

让人心有戚戚的部分，是梅子所写到的父亲。准确地说，是父亲对梅子产生的影响。

“父亲一直是个斯文而谦恭的人，他对所有人都是那样宽容，温和，有礼，唯有对母亲和我们四兄妹却是异常的苛刻、严厉。他不许我们做很多事……”

读到这里，替梅子委屈，心里暗自一声：哎。

一个孩子似乎不应该承担那么多的“不许”，这种种“不许”，带有双重力量，既可以规训一个孩子走上成方圆之路，同时，难免磨掉一些孩子本不必去掉的天性。

人生没有假如啊，没有父亲的苛严，又何来梅子长成后的那份端凝。

端凝之美，是我读到梅子自身的一种特别的美，这或许与她的心性有关，与她的审美有关，与她的姿态有关，可是，连她自己也无法否认父亲从来存在于她的内心深处，时时在场，影响到她的一抬首一投足，整个人在世间的存在样式。

想想，世间安得双全法，一个人完全无度而通过自律，这样的事，哪有？

梅子成为今日之梅子，端丽，沉潜，向好，也正造就于父之教。

一切，不过是时空历史所有条件造成的总和。

“我的内心同样一直处在一场静悄悄的革命之中”。

梅子这句，格外令我动容。我感到自己见过她了，这样的她，以及她天南地南的女性友人们，我感到亲近，在里尔克笔下也见过，时时刻刻生活在现世当中却从未向现实所屈服的那类女性，无论现实世界给她们什么样的身份、位置、命运，她，她们，从未放弃过自己，从未停止过热爱与追寻。

像树一样独立，像风一样自由。

这是梅子所向往的样子，愿她如想所是。

生命不止，便没有最好。

没有最，即是好。

贾 柯

2017 年 5 月 27 日

（贾柯系作者挚友。大学教师，博士生导师。）

第一辑

素心

寒苦滋味长

读蒋方舟。她在《人活在世上的品相》一文中写道：

> 我刚刚去了日本的京都，入住那里的旅馆，常常给人以“家徒四壁”的感觉：朴素吸音的墙壁，一张榻榻米，没有什么娱乐设施，洗澡如厕皆不在房间内，这样的布置，简单得几乎有了“寒苦”的感觉，除了睡觉、喝茶，似乎也没有其他的事情可以干。

字里“寒苦”一境，实为我多年所属意。

似乎与生俱来，迷恋着“少”，甚至“独”，更是极爱“寒苦”的感觉，很是享受那种单调、自然所释放出的清寂感和孤独感。甚至，一直羞与外人道，每至深山古刹，那种扑面而来的斋堂的清凉、神秘与肃穆，也总能莫名唤起一种温故前世的适切与熟稔。

早年家贫，父母亲殷勤侍弄土地，也只能勉强供我们兄妹读书，没有余钱置办家什。母亲偏又是个极讲究整洁的人，室内每一处角落都必得交代得条理、妥帖。她找来一个柱形空汽油桶，置于正屋北窗下，上面搭一块方形的水泥板，井然摆上暖水瓶、茶杯、糖罐儿之类的碎小物品。除此之外，仅有一张方木桌，既供全家用餐，又供我们兄妹读书写作业。桌子已经旧了，但无寒论夏，都被母亲擦洗得纹理崭然。那时，我们兄妹每晚三面围坐，于灯光下写字，只听到时而翻动纸页的哗哗声，轻微而清晰，心，便异常的静谧和清明，犹如黎明的眼睛。我常会忍不住出神，陶醉地听翻书声，听哥哥的呼吸声，听灯芯开花的啪啪声，或者专注地用指尖轻轻循着木纹儿，"走"来"走"去，感受母亲的味道。

童年的记忆里，没有玩具，没有课外书，没有电影电视，最好的精神生活就是读哥哥们的旧语文课本。似懂非懂，却仍能依照自己的理解和想象，读得着迷。对于国内外的文学经典，最初的启蒙便是始于那个寒苦时节。

因为所有的"少"，总让我对现有的事物体验得格外专注、充分、深刻，回味起来，也总是意象饱满，滋味悠长。对物欲的寡淡，对简单的审美，想必均是缘于那时母亲对我无字无言的濡染吧。

婚后二十余年，虽几易居所，家中的装饰却是一以贯之的清简、"寒苦"：四白垂地，吸顶方灯。家具无外乎壁橱、餐桌与书柜几样生活必需物，款式也是一律的求简。颜色要么是一色的白，要么是朴质的木本色，或轻寒，或微暖。了不得再添一两个花架，随意养点儿绿色的生命。在我平素独居的斗室中，一直连电视都不曾安装，甚至中断了网络。

身居这样的"寒苦"，于我，免去了满室"贵气"降临于人的高密度感，也不必为五花八门的电视节目和虚虚实实的网络新闻虚耗大好光阴。进得这一方独属于我的空间，便不微信、不微博、不博客，心无挂碍。专心致志地擦亮每一件器物，熨平每一件衬衫，归置每一格抽屉，让一切都洁净条理。静谧的夜晚，斟一杯滚白开，安坐书房。翻翻无用的书，想想远年的事，抽出键盘，码下一天终了依然执意活跃于心头的意念。或索性什么也不做，孑然面窗啜饮，专注于白水滑过喉间的余甘……细雨飘绵的初春，坐拥长夜，伏读于周作人的平和冲淡，星子稀落油蛉低唱的深秋，伸长腰姿，盘腿打坐于飘窗，毫不设防地敞开心扉，迎纳明月泻落的清辉……

因为简单，日子，可咖啡的浓，可绿茶的淡；可欢愉为甜蜜，亦可闲适到忧郁。

那年一个深夜，正在网上晃荡，忽然停电了。人跌进黑暗的刹那，神智霍然分外清明。静谧的黑暗中，一切纷扰戛然隐退，唯与自己深情相拥，心灵的世界如此真实简洁，想做的事，要走的路，挂念的人，最想过的生活，犹如光阴淘洗中静默的灯塔，赫然地、暖暖地亮在前方。那一刻，忽然明了，为何油灯竹简的年代精神的世界那般繁荣。

——灯熄了，心才会真正亮起来。物质世界的简单与寒苦，更容易成全心灵世界的专致与沉潜，人，才更有可能直面真实的自己，找到心最想去的方向。

之后，欣然中断了家中的网络。此时此境，并非经济承担不起，也非刻意勤俭节约，只是我喜欢这样的简净。这些年来，总是近乎癖一般剔尽一切繁复与赘饰，即便是对最隐秘的内心，也会如同母亲整理她随嫁的樟木小箱，一简再简，宝贵的方寸之间，只存藏一生都不能割舍的“真”与“一”。

周国平说，智者的特点，一方面，很少的物质就能使他满足，另一方面，再多的物质也不能使他满足。原因只在于，他的心思不在这里，真正能使他满足的是精神事物。

我不是智者，却也巧合地于这样的少与多、满足与不满足之间，矛盾着，又和谐着；清苦着，也富足着。在这个羞于谈精神、理想和信仰的年代，偶遇这样的句子，仍然不能自已地悄悄耽溺于一份虚无之中，像黄昏里一只镀满晚霞的长颈鹿，静默扬首，独自满足。

淡淡修行。——每每浸淫其中，心下不免一念暗生；低眉一笑间，又任之倏然随风。

今天，科技高度发达，物质空前繁荣，互联网如同筋脉抵达四肢，蔓延生活的每一个空间。生命陷于喧嚣奢华，身心无觉地奴役于外物。人，到底该以怎样的品相活下去？

窃以为，淡适岁月好，寒苦滋味长。

2014年5月12日

生命，是一个归于孤独的过程

今日小雪。

小雪无雪。

这些日子，冬雨倒是呼呼啦啦地浮游着。从江北下到江南，又从江南尾随着我下到江北。一种如影随形的爱恋，一种不依不饶的纠缠。返身看一个湿漉漉的世界，感慨一场冬天的雨能下成这阵势，也真算是闹足了情绪。

这个黎明，雨变得淅淅沥沥了。躺在滴答如诉的雨声里，似浮载于水上木舟，又似围困于汪洋孤岛，深感苍茫与浩渺。

莫名地，想起埃姆朗·萨罗希的诗："我是一座孤岛 / 处在相思之水里 / 四面八方 / 隔绝我通向你"。只是，我和我的信仰彼此淹没，我并不"相思"，也无意突围。倒是足有一千零一条理由让我欢欣于这四面八方的"隔绝"，而泰然于一份近乎原始的平静与安宁。

也莫名地，想起周作人的"苦雨斋"。先生冲淡平和的白描，自初读之日起，便把斋外的雨水大片地积在我的记忆里了，而心，却自然孤守成了那座水中的苦雨斋。这样的天气极适宜回味《雨天的书》，亦极适宜喝茶。"瓦屋纸窗"已不可得，或可选一面临街落地的窗，看雨珠在玻璃上纷纷拉开万千思绪。窗外车水马龙，红尘滚滚；室内闲适幽静，茶香缕缕。临窗把盏，任一街冬雨将喧嚣尘世隔在彼岸，而这饮茶人，姑且清心明眼，袖手观火。

人到中年，生命总会如此不经意地跌入一种不可言喻的逍遥。

九时许，顶着伾伾冬雨赶到莲处喝茶。

隔着矮几，与莲对坐。静静地。温和地。你一盏。我一盏。茶来水往杯起杯落间，似乎每一缕茶香都是彼此递去的默契。无声，而直抵心肺。

莲若有所思。端详了我好一会儿，终于说，这些年你好像一点儿也没变，言语更少了，于人于世，亲疏好恶也更加泾渭分明了。

我懂她的意思。会心一笑，内心起了一丝安慰。我知道，这该是长进了。——一个是非分明，心智成熟、情绪稳定的人，知道轻重取舍，行为的方式必是果决而又简单的。子曰，“视其所以，观其所由，察其所安；人焉廋哉？人焉廋哉？”信然。淹没于芸芸众生，行走于盛世繁华，一切过眼心明，并本能地自动归类，自觉剔除，亲疏好恶，便也成为一种自然而又必然分野。

生命，本就是一个逐渐归于孤独的过程。

想起一些近事和往事。

一次，一个大型的家庭庆生宴上，一位远道亲友穿了件别致的棉麻 T 恤，领口处约 3 寸直缝对开，镶两片纯棉钩织镂空花边，既定型，又精美。因为一向挚爱棉麻，目光不由多流连了两趟，发现领口的一边折了进去，便善意地顺手替她轻轻翻出、理平。但过后，无意间发现，她悄悄将那一片贴花重新折了进去，并顺手正了正颈间链子上的吊坠。我恍然间醒悟了用意。只是向来对饰品不感兴趣，除了一环四季贴身的玉质平安扣，浑身上下便再也找不到任何装点。况且，我珍视的也仅仅是附丽于此的爱和祝福。当时我想，远方亲友那件首饰一定非常贵重吧，遗憾我心不在此，是个不折不扣的外行，不具“宝光之眼”，难识“宝光之物”。再环顾周遭，多是村老野夫，不禁深深惋惜了：连我这半个“城里人”都不能识别的宝贝，怎样的存心都不过是一种枉然。“酒逢知己饮，诗向会人吟。”如此不知不会，岂不鸡同鸭讲对牛弹琴？原来，我们常常都是他人世界里的牛与鸡鸭，却不自知。从那以后，身处人群，再没主动开口聊过什么。因为从那天起，我忽然懂得，心里有，眼里才会有。在物质的世界里谈论精神，如同在精神的世界里炫耀物质，类似种种这般“跨界”式的表达，同是并无二致的无趣和孤独。

又一次，一个周末黄昏，与先生散步。路遇先生一朋友，寒暄近况，之后聊起孩子。先生愉快地分享了儿子的种种努力与小收获。对方听着听着，慢慢黯然，深深叹了一声：“唉——你们好福气，我那不肖子啊……”我悄悄扯扯先生的衣袖，先生忽然尴尬无言。一直以来，在现实或是文学的“教材”中，我们总是积极地学习如何收敛负面情绪，以阳光的心态和面貌与这个世界相处，有意识地避免用伤悲和阴郁去影响别人的心情。那天回来的路上，不觉陷入沉思，忽然明白，不以自己的悲苦影响别人，是一种善良，而不以自己的欢喜和幸福去打扰别人，则是一种大善了。

终究，人生悲喜好恶成败得失，都不过是自己一个人的事。

一个人的事，一个人消解。

还有一个早晨，朋友分享了链接，论烂人的品行及烂人的黄金盛世。洋洋数千言。读到一半，兴味阑珊。泼墨文风，貌似才华横溢，究其质，不过是一种知识与技术的显摆。言辞激烈，貌似愤世嫉俗，实则缺失了人性的温情与慈悲。我很煞风景地对着屏幕抛去感受：

“其实哪里需要说这么多。一切不过是应时应势应需而生而已。再正常不过。”

其实，当你把世界和人生看通透了，基本就不用写什么“大”文章了。纷繁世界，一切理与相，最终也不过炼为一个简括的句子，或者几个关键词，仅此足矣。

回看过往，文字纷涌的年岁，其实正是站在低处不断开蒙的阶段，因为无知，任何一点发现都新鲜得像哥伦布眼中的新大陆。待万紫千红看遍之后，四季都在心里了，所有的诧异和惊呼，都化作了眉间一抹安和的笑意。

所谓“素以为绚”“智者无言”大约就是这个道理吧。

不仅如此，连写字时内心的面向也在改变。周国平谈治学态度时曾经说过：“为自己写，给朋友读。”早年，也曾有这样的心意和快乐，但随着光阴的流逝，心，全然无待于外，一切抒写都慢慢独立成一种无主的叙说。如同花开在风里，又落在风里。全不介意它是否会有幸运的遇见，或是遇见了谁。只为自己的心。觉得这样于人于己都是一种自由。

人，就是这样在光阴里归于孤独的吧。

就这样，想说的、能说的话，越来越少；愿靠近、能靠近的人，越来越少；想写的、值得写的文，越来越少。走着走着，心便成了一座孤岛。每天，一个人默默工作，愉快地散步，读书发呆听音乐，偶尔也一只行囊单枪匹马闯天涯。每每孑然立于远方的地平线上，一身征尘，两袖清风，独自迎着夕阳的余晖和远山一样绵延而来的晚风，总会杳然沉醉，一任神思与衣袂齐飞。“日月笼中鸟，乾坤水上萍。”那一刻，除了这一声由衷感慨，唯觉时空廓落，万境苍茫，滚滚红尘戛然泻地。生命中以无声而宏大的势力滋育着的，是一种灵魂的极致孤独与无上自由。人，仿佛已是一株立于孤岛的树，从容摇曳在浩浩天地间。沉默里铿锵着雄辩，淡然后深藏着浓烈。柔弱而又努力坚强，苍凉而又恣意繁华。

品茶。絮语。时间在慢慢流逝，窗外的雨仍然没有停下来的意思。抬头注视着墙壁上莲的书法：安时处顺，呼吸也变得坦然而温柔。真好。它多像岁月里结出的一枚果子。孤独而又馨香。

2015 年 11 月 22 日

我的拥有，就在我身

荣格说，孤独的人是可耻的。

培根说，友谊使欢乐倍增，悲痛锐减。

爱因斯坦说，世间最美好的东西，莫过于有几个头脑和心地都很正直的朋友。

…………

桂花香满人间的深秋，每当我打开订阅号，这些关乎朋友和友情的句子就会像儿童游乐场里的碰碰车一样，无序地撞到我心上。世间回黄转绿，人逢老秋，大抵都是极易苍凉，极易渴望友情与温暖的吧，于是各种“取暖”的帖子便如寒风过境后的落叶，一夜铺满长街，抬眼低眉处，满目皆是了。

类似如上的诸多表述，常常让我瞬间耷拉下文字中驰骋的目光，近乎自卑地自我检视，自我质疑：是自己病了，还是世界出了问题？为什么面对这个热闹非凡的人间我一无所求？

想来，儿时的我，就不会踢毽子，不会跳格子，不会抽陀螺，没有滚过铁环，没有跳过大绳，没有像同龄的孩子那样，在如水的月光下躲过猫猫……每当父母亲下田时，总会锁上院门，将我一个人留在家里，理那些乡野贫瘠的土地上生长出来的、细如牛毛的韭菜，或者用一根儿棱角迟钝的竹筷子，给那些又小又干涩的土豆去皮。有时没有这些小活要做，就会端出妈妈的针线笸箩，用各种碎布为小猫小狗缝鞋子。没有伙伴，没有交谈，就在那样漫漫的消磨中，耐心等妈妈回家。

那时，乡间的孩子也没有课外书读。哥哥们用过的语文课本便是我最好的课外读物。在那些旧书里，我读了《祝福》，读了《项链》，读了《羊脂球》，提前很多年认识了怪怪的别里科夫，认识了低眉顺目命运多舛的祥林嫂……依稀的记忆里，我常常一边择韭菜，一边为美丽的玛蒂尔德懊恼和惋惜，愣愣地看着自己的一双手，想象着那位因为辛劳还债而变得粗糙和茁壮的妇人……

童年的时光，就那样在一根一根择净韭菜的沉默中流走，在追赶滑溜溜地从掌指间逃窜的土豆时流走。那些孤寂而密集的日子，累加着我的沉默，和沉默中生长出来的平淡的愉悦。在那些沉默的日子里，我学会了平静地思索；习惯了安于寂寞；习惯了任凭窗外天翻地覆，依旧从容生活，以致青春年少时，全村的大人孩子都在狂热迷恋黄蓉、武媚娘，迷恋李连杰、山口百惠的时候，我依然可以坐在昏暗的小屋里，对着床头简陋的油灯，读书写字，安之若素。喧闹，一墙之隔，而咫尺天涯。

许多年后的今天，渐渐醒悟，寂寞，是一种心性的磨砺。它让我们的思维在大片的空白中变得敏感，专注，如盛夏的藤蔓，恣意生长，自由蔓延，实现着对生命万物更为深刻而充盈的触摸和体味，去“看见”芸芸众生的悲欢与挣扎，去“看见”万事万物的自在与关联。托马斯·卡莱尔说，未曾长夜痛哭者，不足以语人生。实为惊心之句，总觉这“长夜痛哭”里同样深涵了孤寂苦痛中的淋漓释放与萃取的精髓，相通，而不可言说。

蒙台梭利在《童年的秘密》中揭示一个惊人的发现：成年人的生活模式实际上很早就被确定下来了。却顾过往，对此深信不疑。事实上，在后来的岁月里，我几乎没再感到过寂寞和孤独。一个人的世界里，捧起书，便是一段陶然忘机的欢愉沉醉；背起行囊，便是一程山水相继的洒然放飞。读有字书，读无字书，足以成为一个人逃离生活中一切愁苦的庇护所。漫漫人生，心避居方外，安然消磨着自己的春暖花开，在无数的“小确幸”里暗自欢喜和感动；也茫然跋涉着自己的山重水复，一站一站挨过迷惘，终究迎来柳暗花明的豁然开朗与热泪盈眶。

悲，或喜，就这样独自消解，独自圆满。

行走网络，遇见的女子心性竟也是惊人的相似。大洋彼岸的女友，常常都是一副淡然安详的样子，有时也会一两个月没有任何动静，常州的朋友砚雪楼、石家庄的朋友梁忆，亦皆是如此。在她们安静的时候，我从不主动去询问，于她们而言，那实在是一种打搅。一直深信，一个真正拥有自己精神领地的女子，心灵必定是安静而又强大的，在这样的心灵面前，没有人可以“雪中送炭”，一如没有人可以“锦上添花”。精神的独立，注定了无法弯腰、俯身，无法依附、相拥，所有的，只是风雨中的注视，是阳光里的致意，是蓝天下的共同生长，是适当距离的彼此守望与独自繁华。

而每一段沉默的时光，都像人生的一个驿站。在每一个驿站，独自梳理思想，没有抱怨，没有憎恨，不需要倾诉，不需要安慰，默默休养生息，饱满心灵。之后，意志沉定，开启下一程。我不回头，但我知道，在我走过的每一个脚印里，都会开出一窠花朵。

叔本华认为，能够自得其乐，感觉到万物皆备于我，并可以说出这样的话：我的拥有就在我身——这是构成幸福的最重要的内容。读到这个观点，我获得了极大的安慰和鼓励：如果一个人也可以独自过得非常圆满，非常愉悦，又何必为了标榜自己的“正常”与圆融，而非要弄出“几个头脑和心地都很正直的朋友”呢？无意否认培根的“友谊使欢乐倍增，悲痛锐减”，但我更信服尼采对痛苦的理解和处置：“你遭受了痛苦，你也不要向人诉说，以求同情，因为一个有独特性的人，连他的痛苦都是独特的，深刻的，不易被人了解，别人的同情只会解除你的痛苦的个人性，使之降低为平庸的烦恼，同时也就使你的人格遭到贬值。”是的，与其虚耗宝贵的时间和精力，混迹于脆弱而浮嚣的人际关系，在那些极其遥远而隔膜的灵魂中拥挤，去寻求根本无所有亦根本不可得的理解和安慰，我更愿意将一切悲喜独自消解于自己的一颗真实而安静的心灵里。

真切的生活体验告诉我，一个人越成熟，离自己越近，离人群越远。一程一程走来，一站一站相继，素来少有“欲取鸣琴弹，恨无知音赏”的遗憾，多的是“澹然离言说，悟悦心自足”的欢愉。而人生的所有阅读，似乎也都是为了寻找和印证“这样”活着的坦然快乐和充分理据。

人到中年，最深的感受，莫过于心境的朗阔与心绪的宁和。不再和自己对峙，不再和环境僵持，也不再为无常太过震惊与伤悲。孤立也罢，合群也罢，欣然承认世界的多元，声色犬马，布衣清茶，各取所欲，各安所安。这时节，尤其喜欢了16世纪西班牙宗教诗人路易斯·德·莱昂修士的悲悯和善良：“美好之人生，不外乎各人顺其性情，做好分内之事。”

真的。和平盛世，阶级平等，在没有战争和敌我的平凡岁月里，我只想像一棵树，秘密藏起对生命和生活的挚爱，挺秀于北方广阔的平原之上，笑对高天朗丽的阳光，一任长风梳理我干净的枝丫，安然享受一个人的快乐和孤独。

2016 年 1 月 10 日

哑光的美

曾经对一位友人戏言，征服一颗浪漫女人心，最好的办法莫过于为她磨一块石头。当然，一定是石头，而不是钻石，或者黄金。

那时我说，石头，泥土，棉麻，是浪漫而质朴的女人的爱。

人到中年，时光慢慢从容。安坐于午后的阳光里反刍岁月。如今想来，其实我真正爱的不止于一块石头，而更在于那一个“磨”字。打磨，琢磨，磨砺，磨洗，甚至磨难……我喜欢这些与“磨”相关的词语。其间，融入的不单单是精力和时间，更珍贵的还在寄寓个中的心力和情义。一块普通的石头，执于一双生动灵巧的手，经过“磨”的一道道精细而漫长的工序，便有了温度，有了厚度，有了灵性，有了情趣，有了故事，便潜在了一种近于传奇的浪漫色彩与神秘的迷人魅力。

此时此刻，我的掌指之间细细把玩的，正是这样一款被精心磨制过的石头。一枚直径未足5厘米的平安扣。深的枫叶紫。哑光。色泽偏于暗沉。有些地方尚有小小的伤痕。我找不到合适的词语描绘她的形容，和她给我的感觉。记得读懂桥时遇见过这样一个句子：“沉秀恰恰也是十九世纪英国‘先拉斐尔派’画家诗家的画风和诗风，下笔处最难分舍的是那一丝怨艾、半盏古艳。”我想其中两个词语倒可以借来一用：古艳，沉秀。宛如一颗中年女子的心，沧海桑田之后，慈悲，坚定，稳重自持；姹紫嫣红之后，安和，舒泰，沉实饱满。

一直喜欢哑光的物品。哑光青瓷。哑光红木。哑光紫砂……我的包、鞋子、口杯、窗纸、甚至养花的砂钵，都是清一色的哑光。至于自身，便更是一尊岁月“砂洗”过的哑光体了。

我喜欢哑光物体漫漫散射出来的安谧，平和，温暖，端庄而内敛。从来相信，一个人的衣食住用，无不是心念与性情的物化。随着岁月的沉淀，棉麻土石，已是心灵与情感的质地；古旧素朴，愈是挚爱的风格与调子。

如此，已足令人心生暖意。如果我接着告诉你，这是朋友的先生利用节假日时间，从河湾里淘来石头，然后又利用节假日时间亲手细细磨制而成的，你会不会瞬间生出一种别样的惊诧和感动?

之前在小圈里轻轻贴了二三吊坠小影，莲友一见倾心，急问：卖么？诚心欲得一枚！

转问远方的灵子，她羞赧一笑，抱歉地复我：“磨石，纯粹是先生的自娱自乐，只为亲友做，不卖的。一块石头做了两颗，小的是你的，大的是静飞的，意在姐妹同心。”

我的眼睛湿了。

畅望岁月，幸福在心中荡漾。

我知道，连同我的爱，我的友情，我的友人，也一并是哑光的。

2016 年 1 月 28 日

虚度光阴

人到中年，内清外简。

我常想，中年的人生，已不适合叙事。内心的深挚与清明，注定了言语的节制与简淡，落字往往不动声色，平白清枯。懂的人，不堪其重。不懂的人，不堪其轻。

我还想，中年的心境，也已不适合抒情。没有了年轻的感性与热烈，又不至年老的彻悟与温蔼，伫立于滔滔岁月之中，深味次第袭来的生命启示，由衷一声感喟，读似云淡风轻，终是避不尽大梦醒来的割舍与抛别，风雨低飞的孤静与苍凉。懂的人，不堪其轻。不懂的人，不堪其重。

于是，常常无言。

一格一格整理好衣橱。

一件一件打理好棉布衣裙。

一条一条翻读过往的读书摘记。

一遍一遍听陆卫明讲《论语》，听杨佳娴说张爱玲。

慢慢啜饮一杯滚烫的咖啡。

平静长久地面对一朵小花。

一无所思地细细吃一条鲫鱼。

夜以继日又哭又笑地重温一部古老的悲喜剧。

盘腿坐在飘窗台上，半天半天地，听风，看云，晒太阳。

对着镜子，跟着视频，练习编发或盘发。拆了编，编了拆；盘了散，散了盘……

备料，洗尘，切姜丝，剖枣去核……耐心煨一壶养生茶。

细细地削好一只水果，细细切成果丁儿，细细垒出花样，然后端着果盘儿，捏着果叉，一粒一粒地细细"拆解"。

在漫长的雨季里，铺纸研墨，一笔一画，一丝不苟，于轻重缓急提按顿转之间，以一纸一纸的小楷，全神贯注津津有味地消磨一份工整而不失灵秀的中年情怀。

…………

看我散漫的样子，朋友不止一次地对我说，其实，你已经什么都不缺了，没有什么是必须要做的。

也许是吧。我知道朋友此言更多地立足于精神的角度。事实上，无论物质还是精神，我都不够富有，只不过我的所需甚少，也总是很容易满足。我愿意平淡无奇地活着，偏安尘世一隅，专注于那些平凡、细小又有味的事，愉快度日。

就这样，行于世，潜于暖。享受每一个晴天。享受每一个雨天。无所谓有用无用。无所谓平凡伟大。无所谓成功失败。

不疾不徐。

心安理得。

虚度光阴。

2016 年 10 月 5 日

爱上苍凉

早春二月，风，依然料峭。

晨间游园，独赏早梅。

众芳摇落独暄妍，占尽风情向小园。朝晖遍布，穿行于粲然盛放的梅林，迎视无数明丽而生动的花朵，犹如置身于千万道清澈目光的荡涤，洗心润肺的都是梅的清冽与暗香。此情此境，悠然想起隐居孤山植梅放鹤的林和靖，想起“一生知己是梅花”的清末名臣彭玉麟，想起滁州古梅亭外华盖广庇的古欧梅……关于梅，有多少美好永恒于岁月的淘洗之中。

思接千古神游八荒之际，收到友人春天的问候。我脱口相问：梅花诗，你最爱哪一首？

友人深谙诗词，信手送来朱淑真的《菩萨蛮·咏梅》：

湿云不渡溪桥冷。蛾寒初破东风影。
溪下水声长，一枝和月香。
人怜花似旧，花不知人瘦。
独自倚栏杆，夜深花正寒。

啊，不好不好，有自怜倾向，换一首。我无忌耍赖。

我说，我喜欢稼轩的“雪里温柔，水边明秀，不借春工力”，幽独婉娩；喜欢醉翁的“惟有寒梅旧所识，异乡每见心依然”，深情怀旧；喜欢小山的“原没春风情性，如何共、海棠说”，孑然自恋；喜欢易安居士的“良宵淡月，疏影尚风流”，孤高自傲……惟不爱自叹自怜。

友人续补“小注”：朱词有人生之轻愁。一种正好慰藉灵魂的轻愁。这一点文人的清寒感，正可疗词人之内心的清高与自怜。

忽然沉默。举目迎向万道霞光，内心真切可感的，是淡淡欢喜与静默温柔。

人到中年，对于生命中的种种芜杂，愈发是大刀阔斧地杀伐。可有可无的，无。可近可远的，远。可进可退的，退。各种扫荡式的断舍离，让生命与生活安妥于极致的简明与自适之境。我所拥有的，都是我爱的。因为少，而精粹，而清朗，而确切，而一以抵万，而自足自得。如果一定要有些许与欢喜自适相对的内在感受，那一定不是轻愁，亦不是清愁，而是一种开阔而辽远的苍凉。是的，就是苍凉。

低头打字，轻触送出——

轻愁，是身在其中，是无力避免的摩擦，是旷日持久的纠缠。而苍凉，是元神跳出半空的冷静。是泪水洗过的笑容。是繁花看遍抽象出来的春天。是深思之后的开悟。是一种透彻本质之后的从容，更是一种人生境界的新抵达。我想，苍凉，是从轻愁里逃逸出来的吧，算是一种精神的胜利“越狱”。不爱轻愁。爱苍凉。

友人嘉许：“是的。轻愁被接受并升华，才是苍凉；被浸没，就成了哀怨。凡苍凉者，非必为大英雄，然必是尝遍百味，历尽劫数，见识过沧海桑田的人才会有的心境。你影响我了。”

立于晨光之中，静静微笑。满园的梅，开在心里。

友人已摇手“再会”，我仍痴痴醉于梅林。一颗心，天马行空，漫溯光阴，神会那些在砥砺中抵达苍凉的灵魂。

原谅我总是过多地关注女性。

又想起张爱玲。那一年，她堪破情缘，解透运数，断然放下了爱，放下了故土，放下了走过的岁月，一袭旗袍，一只行李箱，只身踏上赴美的客轮，一去即是永诀。那一刻，天地一空，满世界落英如雪，而她茕茕远逝的背影里包裹的绝不是轻愁。她留下的，和带走的，都只有两个字：苍凉。又想起张幼仪。对爱的紧紧追随，换来的却是一再的遗弃。“过山过水，走就是了”，她终从泥泞的扑腾中清醒、独立、强大。我还想到了陆小曼。徐志摩遇难之后，陆小曼悲伤欲绝，如梦初醒，从此素服深居，默默承受世人的指责，致力于整理志摩的遗作与出版，投身艺术的学习与创作，终有所成……

每一场苍凉的抵达，都是一场涅槃。

一颗抵达苍凉的心是平和的、不争的，经风历雨而慈悲低敛。他们置身生活，没有太多抱怨；面对众生，不会随意指责。低垂的沉默里，张扬着无尽温情人性的言说。在他们身上，你可以同时感受芦苇一样的素朴与红木一样的高贵，最缱绻的深情与最冷酷的决绝，低到尘埃里的谦卑与不屑全世界的骄傲。

一个摆脱轻愁抵达苍凉的人才配说“感谢苦难”，才配说“一切都是最好的安排”，才配说“祝福所有爱我的人和恨我的人”……

前几日朋友还说，你很久不写稿了。的确。这一年多来，常常打坐于茫茫尘世，肃穆而慈柔，内心涌满了思绪和文字，却又阻隔着绵延不绝的击不穿的沉默。每当我把手悬在键盘上，便会倏然陷落于流浪者仰望天空的茫然无着。

捧读《山河袈裟》，数度热泪奔涌，甚至压抑不住大哭失声。现实一直没有给我成熟的机会，半生岁月忽忽流过，我似乎才刚刚知道一点什么叫作生活。在那些深邃、致密而又充满质感的铺陈里，我感受到一种宏大的降临，它的名字叫作苍凉。

真的，我开始那样热爱人类。

如果后半生我的指尖还能流出文字，那么，它们的特征应该是深情，安静，温蔼，慈悲。它们的落点应该是花木，儿童，游历，和无数苍凉而温暖的生活细节。

2017 年 2 月 23 日 于郁洲古城

像水那样，去抵达

中学时代，邻班的老师这样夸赞你：“这个小孩一副好脾气，温顺得像只小绵羊。”你红着脸，低下头。然而，你的“亲”老师却含蓄又彻底地否定了“邻家”的眼神儿：“嗯，咱这只小绵羊可是生了颗小山羊的心哦。”

五年前的一个晚上，你窝在沙发里读柴静，看到同事们送给柴静的对联，就大声朗读起来：“柴小静，勇于自省，永远任性。”儿子和先生一齐神经质地从各自的卧室里窜出来，坏坏地指着你，哈哈大笑。

低眉顺目，我行我素。勇于自省，永远任性。这些年来，这也恰是至爱亲朋给你的“简笔画像”。

每每，你痴笑不语。

光阴的缓柔，让人无从察觉，究竟从哪一年哪一天开始，你已是内外一如的安详了。那颗小山羊的心日渐温软，不再那样执拗而激烈，甚至不太容易动气了，不论发生了什么，你都会安静地耐心地理清脉络，决断取舍，一点一点，将自己从困境里打捞出来。

你习惯安静行走，喜欢哑光物体，安于幽静的环境，躲开火热，激昂，耀眼，一切高八度的调值都会让你感到疲惫。

沉默，是你的常态。

你不爱解释。也不打听什么。不去维系各种关系。也不羡慕各种热络。你说，你喜欢那些必然的结果。如果一定需要用频频出现来提示“存在”，你宁愿长久地消失，然后回来放心拥抱那些“剩下来”的；如果一定需要用频频的解释，才能留住朋友，你宁愿孤旅穷途，用轻快的脚步点亮沿途的寂寞。一路逶迤，看千朵万朵，共光阴盛开。

你在日记里写着：不解释，是大智慧。然后，你与另一个自己促膝对坐。你平静而又温和地对自己说，如果你的诚信被质疑，先问问自己有没有说过谎；如果你的人品被质疑，先问问自己有没有亏过心。如果有，就没什么好委屈的；如果没有，就没什么好羞愧的。有些事，你不用给别人交代，对自己的内心有所交代就妥了。

你不怀敌意。遇到指摘，你不再关注对方是谁，不再计较对方的立场，甚至不再介意对方用意的善恶，只是诚实地逐条对照，如果自己真的错了，就老老实实虚心领教，把那些错，一条一条记录下来，默默用心去修正；如果是对方错了，你也不争辩，只是告诫自己，有则改之，无则加勉；能有人义务监督你、时不时地敲打你，不是件坏事情。况且，谬误本身就漏洞百出，于明眼人，不攻自破，何劳枉费唇舌，画蛇添足。

你也不反抗。你承认，在现实世界里，你是个弱者。在所有的强势面前，你自觉绕开。你说，欺善者，心都是盲的。对于一个身量在风里都可能被动位移的人，以力服人，是笑话；以理服人，是梦话。你不想要什么。在缤纷的“圈子”“头衔”“标签”面前，你像只没有食欲的猫，瞥了一眼，便轻轻走开了。你更愿意在草地上晒晒太阳，打打滚儿撒撒欢儿，过另一种日常。你说，不去追逐别人为你设定的利益和目标，才可能听到自己的真实心声，认清自己要走的那条路。

你把很少的几个词当作信物，收藏在生命的最深处：信仰，尊严，节操，自由。

你不委屈，也不回避：当你从键盘上将自己放逐回世俗的世界，你就是一个纯粹的傻瓜。聪明人的哲学和逻辑常常让你目瞪口呆。但也仅止于诧异，却并没有志向去攀登聪明人树立的标杆。你有一套属于自己的语言系统和行为规则，你愿意用一生的光阴，用诚实又朴拙的笔触，持续着对这个世界的自白与歌唱。

聪明人得意于自己的聪明。你，却也安心于你的笨。

有人说，这是一种懦弱。你一点也不羞愧。你说，男人有男人的选择，女人有女人的选择；强者有强者的选择，弱者有弱者的选择。你不能做到的，就不能去强求别人，因为你没有资格；你能够做到的，也不必去苛求别人，因为各自的“天赋”不同，他们有选择的权力和自由，包括选择“懦弱”。一个人的理性与宽容，在于允许每个人拥有自己的坚守方式。

去伪存真，从善如流，在光阴里慢慢丰满一个自己喜欢的自己，就像采百花之粉酿蜜，忙里闲里欣然去寻觅和遇见的都是你想要的“好”。这世间一切的好，无不是你的菁华、你的蜜。你说，这是你的方式。

熊培云在《因为无力，所以执着》中说：“我希望自己目光明亮、明辨是非，但也知道每个人，有着一个渐次开放的环境，都在向着一个好的方向走。我不憎恨，我心中没有敌人。”读到这一句，你微微笑了，心深深而温柔地动了一下。这大抵就是你当下的心境了。你相信，一个吹过风、淋过雨、跋涉过泥淖，苦过、爱过、哭过，甚至与死神擦肩过，而一路走到中年的人，有足够的能力读懂此中的好了，也有足够的能力深味和理解，“不含敌意的坚持”是怎样的一种平和与阔落。

那天，友人人间草木在微博里分享玛格丽特·阿特伍德笔下的“水”：

> 水从不反抗。水流动着。把手插入水中，你只感到爱抚。水不是固态的墙，不会拦住你。可水总能去它想去的地方，任何东西都无法阻挡。水很耐心。滴水穿石。记住这些，我的孩子。记住你的一半是水。倘若你克服不了障碍，就绕过它。水便是如此。

过目的一刹，欢喜得热泪盈眶。

多好啊。想要第一时间把它送给你。

多想对你说，亲爱的你，就像水那样吧。就像水那样，去抵达。

2018 年 9 月 29 日

时时可死，步步求生

这个五月，一再振翅。抖落精神世界和物质世界里所有必将落下和可能落下的一切。

一心清明。一身轻松。

有一种感受，越发刻骨：有些话你永远不会说。有些事你永远不会做。其实，也不全是技术层面的笨拙，只是你任死过不了心性这一关。即便你明知道，只需要迈进一小步，便可以柳暗花明，便可以起死回生，便可以如鱼得水……可千回百转，你依然会选择后撤一大步。

对于有些人而言，精神世界的失衡，比死更可恐怖。

宋末抗元名臣文天祥有言：存心时时可死，行事步步求生。此语是站在民族大义的高度，让人崇敬又豁达。当代叶曼居士则更为直接和简洁：时时可死，步步求生。舍去特定的历史背景，以此为修行的态度和信念，含义更为普适与开阔。

和平年代，我以此心度寻常人生。

对这句话，我有自己的思考与悟得。寻常人生里，“步步求生”，绝非苟且偷生。而是于红尘大千，持守自己的原则和底线，尽一己之所能，做足做好手边事，善待每一种遇见，给出你的善，爱，精力，甚至物质，努力实现自己的生命价值。利他，也利己。“时时可死”，此处的死，也非生理生命的止息，而是一种舍弃与放下。在尘世的种种纷扰与冲突中，随时随地可做抉择，随时随地可以一无所有，欣然去成全一个不曾失掉“我”的生命。

以“死”作为最笃定而永恒退路，还有什么能够妨碍“生”的坦荡与执着。

以求“死”之心求“生”。争我所争，舍我所舍。唯此，生与死，方不互为负累。

十年前，对这个世界，我总是嫌这嫌那。十年后，对生活的深涉与文学的阅读，让我慢慢懂得，人各有追求，各有不易与隐衷。活着，每个人都有自己的方式。因为那些“自己的”，而成为他自己。同道于“我”的，却不必成为“我”。异于“我”的，也不应被定义为“异端”。林语堂说，人生在世，还不是有时笑笑人家，有时给人家笑笑。其实，人生活到这个时节，早已不介意被人家笑笑，却无意笑笑人家了——有时因为没时间，有时因为没兴趣，更多的时候，我总会多情地想象阳光下那些笑容背后的辛酸与跋涉，便是满心的疼惜与不忍了。

生死之间，各得其所，各安所安。

心怀柔软，默然垂眉。活自己。

我知道，我走得越发远了。刊落声华，遗世幽处。

就这样，停停走走。一程，又一程。

不告别。不回头。

2017 年 5 月 18 日

病后殊胜未病时

交冬数九的日子里，流感肆虐，单薄如我，又怎能幸免于难。

半个月来，每天黛玉似的按着胸口，长嗽不止，自己都聒噪得嫌弃自己了。腹部和两肋的皮肤不能碰触的疼，满身是伤的感觉。每一阵咳嗽袭上来，都需迎接大刑伺候一般，集结所有的体力和勇气来抵对。

因为青霉素过敏，不能使用头孢。不知道医生为我替换的是什么药水，每一次点滴都须持续 5 小时开外，稍一加快，静脉便又痛又痒。每病都觉体薄如纸，命悬一线。在苦痛、漫长而又孱弱的仰望里，思绪天马行空。真切感受生命的脆弱之余，想到烽火离乱年代为和平而战的志士，想到史铁生的《病隙碎笔》，想到用一根儿指头写下《时间简史》的霍金……不于病痛之中“设身处地”，又如何能深味其中的意志与艰辛。如今想来，人活着，即便不需经历精神的生长和蜕变，仅仅肉身的生老病死已足以构成严酷的九蒸九焙。

病里读童书,《天蓝色的彼岸》。于高温之中，仿佛自己也成了一个透明的幽灵，浮游于万物之上，俯瞰人间纷扰世事，旁观自己那副沉重的皮囊，真是颇为应景应境，意志飘忽如梦，又异样清醒清明。

平素里，轻松地漫步，闲适地饮茶，心无挂碍地养草看花，走在路上感受清风擦过面颊，朝看晨阳暮赏流霞午夜翻书忆旧……这些都是多么多么微小而平常的事情，然而，于病中，都成了奢侈；于死亡，都成了永隔……那一刻，恰好友人发来好听的音乐视频，纯白纯黑的双色画面，悠扬的音乐流线型地滑过心空，似乎伸出手指就可以触摸到流利的音符……热泪涔涔打湿笑容……静静闭上双目，拥紧松软的棉被，轻轻在心里呢喃：我依然可以感受寻常的珍贵，活着，多么好，多么好……

病后初愈的清晨，来读朋友梁忆笔下的东坡运命，竟忍不住泪下潸然——“得罪以来，深自闭塞。扁舟草履，放浪山水间，与渔樵杂处，往往为醉人所推骂，自喜渐不为人识。”这样的文字太适合中年来读，也太不适合中年来读。人生不过半，哪里有读得懂这样文字的积淀；过了半的人生，又怎能忍心碰触与细味这等凄楚辛酸。

我说，三年之内，也曾一再翻读林语堂的东坡传，每每持倦入神，心绪翻涌，但终究不肯敛心聚力提笔结文了。人到中年，诉说心声已成难事。那个浅读爱玲便洋洋洒洒漫笔“看张五题”的梅子已零落归根，化作春泥。

灵子复我：难过你的难，感受过你的感受，一读就泪不能已……一个人懂得另一个人，文字大概是最无阻隔的了……想起前些天，中午躲在办公室里重读《简·爱》，借着一本书流出胸中的泪。彼时，疼得借用桌子抵住胸口。每一次内心里刺出自己的矛，都要这样，一边落泪，一边洗礼，一边找出一枚可以抵住它的盾，自我平息……

我默默低眉。

她的话让我想起冯骥才先生的一个譬喻：“人类在挫折中发现真理，如同在病痛中发现药物。”人，在生命的行走中，每一次挫折，相对于精神，都是一次病痛的摧折与磨难，都是“一边落泪，一边洗礼，一边找出一枚可以抵住它的盾”。就这样，在一次次病来时摸索，寻找，去尝试和获取治愈的良药。然后，不断自我治愈。然后，不断自我强健。然后，慢慢久病成医。每一次康复之后的回首，都有欣慰粲然于心头：病后殊胜未病时。

岁月迢遥，落于纸面的，皆是心血之凝珠。我的书写不善“稀释”，拙于虚构。有的，只是笨拙捧出的真诚，只是本能的退淡与本真的浓缩。

病中翻读与友人过往的聊天记录，她说：“我坚守，若是不能成为一个好的写作人，就成为一个好的读书人，若是不能成为一个好的读书人，就成为一个好的过生活的人。”手机落于胸前，扪心自问，我想要以怎样的方式度过余生？良久出神。彼时彼境中，我慎重地把顺序作了逆向的排列：努力成为一个有能力过好平常生活的人，然后成为一个好的读书人，如果还有足够的精力和表达的欲望，再成为一个好的写作人。毕竟，平常人生才是精神的沃土和根基，读书，写字，不过是“鱼上的香菜”，虚无中的花朵。有，或无，顺其自然，不强求。当然，如果可能，我愿意因它而活得更好一些。

这两年，我也常想，人，怎样才算活到心安？以我目前的认识，大约就是——

不需要网络。不需要手机。一间书房。一处小园。读书。种草。养花。喂鱼。有鸽子起起落落于屋檐，有鸡鸭鹅狗散游于庭院。独挑灯花，闲敲棋子，能自娱。独沐余晖，幽怀可开，能自解……

赤手，敞头，挺直脊背，行走在漫天风雪之中，丛林般的楼宇仿佛一场蜃景。心头莫名而起的是仗剑天涯的孤勇，大漠孤烟的空阔。

这个冬天，我对爱人说，2017 年，一场病后，我用生命的真实体验写下了自己的语录：没有厄运，即是幸运。

2018 年 1 月 25 日 飞雪

第二辑

鸿迹

西塘，有间草垛屋

生命很奇怪，矛盾总是无处不在。

天生路痴，骨子里却生长着流浪情结。随光阴的逶迤，一路茁壮。

这个夏天，一个念头，执着突围：去远方。越远越好。

于是星斗满天灯光微暖的初秋夜，果断拾起行囊，回头冲爱人摇手一笑，只身踏上了南去的列车。一副轻描淡写的样子，仿佛只是晚饭后的一次平常小走。

绿皮车鲸吞式地将我装进腹腔，一声嘶吼倏然而去，将爱人一愣一愣地闪在了月台。

我找到了一种风样的自由，洒然得连自己都有点吃惊。

仰躺在疾驰的夜车上，黑暗中睁大清凉的眼。听冷气肆虐，制造着暴雨喧哗的幻觉，心中盈满战胜的快意：其实，当你铁了心执意行走，就会猛然发现，四面八方的路瞬间为你延伸，无数路障纷纷为你移开，整个世界都在豁达地向你妥协。

15 小时之后，人在西塘。

我落脚的那家客栈，就卧在烟雨长廊的西首。安顿妥帖之后，下楼。出门左转，于渐行渐深处，徐徐汇入了蜿蜒游动的人流。

街心东西旖旎着一条狭长的河，夹岸是雨廊、垂柳和临水的民居。斑驳的粉墙，锈满绿苔的瓦当，古朴的木格小窗，一串串大红灯笼，挨挨挤挤的老店铺，无不在诉说着深远的岁月，和岁月深处陈酿般的韵致与情愫。只身漫漫游走于狭长幽暗的雨廊，莫名跌入一股思幽怀古的沉郁和落寞。不知是我神游太远，还是黄昏太过婉静，整条长廊氤氲着怀旧的温情和暮霭般的惆怅。

就在这条雨廊内，有一间朴素的小屋，叫草垛屋。铺面很小，一扇门，一面窗。门窗上挂着几个小木牌，手绘的图案，手写体文字，简以知会游客，室内可读书，听音乐，喝咖啡。就是这些别致的小木牌吸引了我，抬脚迈进了门槛儿。小屋内有三四张小桌，每张桌子上亮着一盏小台灯，一对木制书立，夹放着郁达夫散文、沈从文小说、纳兰词、四书五经类的读物。纵深处挨着东墙摆放一个工作台，店主人伏在案上写写画画着什么。再进去一些，挨着西墙是个抹角小吧台，与墙壁和后面的橱柜围成一个不足 2 平方米的正方形空间，店主可以在这里泡茶，煮咖啡，榨果汁，调制奶茶等。东西两面墙壁上挂着各种装饰画和二三木格橱窗，橱窗内摆放着西塘记忆纪念卡和木质书签，房顶也吊着许许多多的纸书签和小卡片。最为特别的是，这间小屋里几乎找不到机器印刷的图案和文字，多为纯手工绘制和书写的，每一个作品均是唯一。

店里驻足的游客很少，大多都是张一头，匆匆扫视一圈就离开了，更多的是连看都不看这些作品，只是频频借着那面小窗留影的女孩子，蝴蝶一样，飞来又飞去。

我从墙壁上的纪念明信片开始，逐件细细把赏，细细领会，想选一些合我心意情趣的带走。很多真的让我爱不释手，难以取舍。

“看来你是真的喜欢。你已经看了好久了。”哦，抬头发现店主已站在我身边。嗯嗯。我微微笑了下，点点头。“这些全都是我亲手做的。慢慢看吧，一定有你想要的。”他一边说着，一边走回工作台，回头又补了一句：“我从不鼓励客人买我的作品，只等有心人。你是个有心人。”

我选了两张明信片和一些木质书签，要了杯奶茶，在小桌前坐了下来。室内微暗，桌上的台灯柔柔亮着。小屋里循环着一组欧洲怀旧名曲，时而是卡朋特的浅唱低吟，时而是理查德·马克斯的沧桑舒迟……再熟悉不过的调子，再熟悉不过的声音，清流般漫过落满尘埃的心灵，绷紧的神经瞬间松弛……这样的美，重逢于这样的只身孤旅，内心腾起的是他乡遇故知的悲喜交集，整个人都刹那柔软乖顺了。

穿过缭绕的音乐，打量店主。那是个三十来岁的中年男子，看起来很内向，一脸平淡。进店许久，并不见他兜售作品，也不搭讪游客，甚至不大抬眼皮，只是兀自于幽暗处伏案涂涂抹抹，任凭店内人来人去，独自岿然，仿佛这个世界与他根本没什么关联。

他的“只等有心人”，令我怦然心惊。静坐之中，恍惚神游。我看到了一种生命的状态：良善，宁静，安定有力，像山中的树，任花谢花飞，风来雨去，岿然不动；看四季流转，沧海桑田，无动于衷。——只等有心人。在一条充满商业气息的廊鹏内，他平淡低垂的眉眼，沉默专注的神情，对自己每一件作品的用心用情，在浮泛喧嚣中显得如此落落寡合。然而，我的的确确感受到了一种安静的力量。我以为，他，才是这座千年古镇本来的内蕴和神情。

思绪的涟漪徐徐荡开去。又想到心性与命运。早先曾与朋友聊过花。我说，世上的花，大约有三种：一种泼辣繁盛，喜炫，于是成了路边的风景。熙来攘往，车水马龙，处身于此境，日久蒙尘，熟视无睹。一种节制自持，喜等。为了看它，有心人愿意数着日子，掐着时刻，牵心挂肠，不眠以待之，于是她赢来的每一双眼睛都是专注和赤诚。还有一种，生来孤冷，喜藏。想看它，必得万水千山芒鞋踏破去寻觅，一经相逢，“便胜却人间无数”。

心性，决定命运。大千世界，万类相通。花如此。人如此。爱如此。艺术如此。生存之种种，大抵皆是如此吧。

如果说“等”，是一种风雨任平生的豁达，那么“藏”，则是一种死心塌地的冒险了。他们以别一种形式体现着生命的“权力意志”，不惮错失，不惮遗忘，默然迎受着现实的考验，同时享受着灵魂的高度自由。也许你会为之担忧：终其一生，也未必等到，未必被找到呢。那又有什么关系！有些等和藏，注定是牺牲，但那种坚守的姿势，足以执着成人类精神的图腾。若没有这样的一族，尘世该是多么轻浮贫白。

离开草垛屋的时候，我的长发、衣袂，乃至整个人，都被那组曲子轮回染透。行走之间，廊内暗香浮动。或者我应该纸伞旗袍而来吧，用清秀的高跟鞋叮咚于石板小路，敲击出只属于江南的万种风情。那拟设，总让我浑然迷醉，仿若瞬间穿越，回到前世……

暮色浓了。

我并不赶时间，也没有强烈的目标意识。本来，我也只为了流浪。——一个人，一只行囊，一座陌生的城，一段孤独而清醒的行走，一种缓慢、细腻而深刻的关于自然与人文的深情触摸。于我，即便什么也不看，什么也不想，茕茕孑立，漫漫徜徉，已是我要的美。

然后，继续流浪。

对了，我忘了对你说，流浪的浪，就是浪漫的浪。

2014 年 8 月 30 日

赏心只有三两枝

万头攒动的明孝陵，空无一人。

喧腾扰攘的梅花山，清寂无声。

任凭观花人如何喧嚣躁动，梅，兀自安详而婉静。

一切荣枯闹静显隐，实在不过是心灵的事。

我心选择了的，便是我的风景。我心忽略了的，便是风景的背景。此刻，这天下第一梅山，理所当然就是我一个人的了。

放轻了脚步。我不说话，只微微一笑。梅，也仍是婉静的。见我来，她只隔着人海的包围，眼睛亮了一下，递来一道心会。

默然欢喜。

向来迷恋少，甚至独，就连人，也是偏爱清瘦的。因此，我只在大片的“海洋”里，搜索得我心的那“一枝”，或是“三两枝”。

捕捉一枝粲然逸出的梅，举起镜头，忽又停住了。——一对赏花的老者牵手步入了我的取景框，整幅图顿于冷丽之中涌出许多暖意。暗自欣悦之间，迅速按下快门儿。

禁不住，神思也如那枝梅，旁逸斜出。

大约因为慢慢成熟，我的注意力越来越容易被那些年老的人牵引了。白发，皱纹，牵手，搀扶，依偎，这些过去不曾留意的生活意象，已被岁月染透，散发着迷人的馨香和魅力，渐次涌入我的视野。

今天梅园里好多老人，有摄影的，有赏花的，有徒步健身的。有的成双成对，有的悠然独行。有一对老人给我留下了很深的印象：老太太举着相机，眼睛里闪着清澈单纯的喜悦，神情像极了一个七八岁的小女孩。老先生显然是位殷勤的助手，他轻轻揽过枝条，满是爱护和讨欢心的语气说：这样背景简单，花又多，快试试看！老太太赶紧对着那枝梅选镜调焦，连拍了几张，一边检视图片一边举到老伴儿眼前：呀，真的很好看呢！两只鹤发童颜的脑袋凑在检视屏前，低声的议论和惊叹着。彼时彼境，我想不起爱情，也想不起亲情，他们就是一对悄悄执行某项开心计划的小同学。老先生将一只手揽在老太太的肩膀上，另一只手向不远处一指："快看，那一枝也好看，走……"望着没入梅丛的老者，我静静地醉在了那儿，温暖得想要流泪。

独步梅山，随心所欲。寻寻觅觅，停停走走拍拍。在那些幽静处，我遇见了一些中老年摄影爱好者。他们个个"长枪短炮"，为了拍到满意的片子，于无觉之中"迁就"出各种各样奇怪而美好的姿势。他们几乎拥有着共同的特征：素。——风格简单朴素，衣着宽松舒适，神色淡然专注，且大多体型轻捷清朗。我知道，他们的世界是安静而又生动的。那种冲和，散淡，和深处蕴蓄的厚实与隽永，让我想到了周作人的散文，自在而舒适；也让我想到了专注于昆虫的法布尔，他们"对微小事物的巨大热爱，让我希望像蛐蛐那样唱歌，而不是像喇叭。我知道了心灵的声音再微小也能传得很远，哪怕无声也能听见。"

那一刻，我懂得了，这梅山，于我，是独有的，与他们每一个人，亦是独有的。"触目横斜千万朵，赏目只有三两枝"，我在寻觅，他们也是。

那一刻，我还想到了自由。此次，我本为践诺赴约赏梅而来。自于文字里遇见金陵友人，数次访此古都，却从不曾叨扰，一再允诺以延相会之期。然而，终究是个羞怯的独行客，受不得半点拘谨，人至山前，到底还是纵意爽约独游了。

我喜欢距离。距离让人安适。总觉世间任何一种亲密无间，都足以令人窒息。于我，最合宜的距离，大约便是隔着一屏文字的距离。我知道，此生我不会再许诺了，也永不再赴约。人，最拗不过的莫过于自己的心性。再一次深刻体味：随性，原是这样放松而又美好的一个词。林语堂说："人类的心灵是不合理的，是固执的、偏见的，是任性的，是不可预料的，因此也就可爱。如果我们不承认这个真理，那么我们费去一百年在人类心理学上的研究工作，便不能算为有结果。"我承认。并同时包容了自己。

离开金陵继续南行的途中，在微博上发了一组秦淮夜景，算是知会友人，我来过。

友人读图，递来消息：明日再登梅山，算是代你赏梅，也算与你相见了。东风一枝，独秀、清绝。犹记，梦里人问：梅开了未？

杳然出神。我不言。

次日，友人独上梅山，与我"相见"。于山间再次送来消息：梅花树下坐忘年。花开花落年复年。此刻，望着或瓣或朵的落英，人在花海，究竟哪一朵是去夏荷花盛开时相约的那枝。怎能不眼湿……

那一刻，正立于古刹佛前。人在孤旅，读不得深情的句子。只是早已过了轻易流泪的年岁，轻轻熄了屏，只让一丝隐痛刹那滑过心头。殿外，三月的阳光，顺着瓦当静静流泻。殿内，仰看佛祖慈悲的面容，无悲，无喜，无求。这里早已来过数次，但每次途径，仍旧来。我不需要宗教，我只是为了心中的信仰。我一无所求，只是为了和自己静静相拥。古刹，只是一个图腾。其实，很多造访，早已看不见具体的人事物，拥紧和拜谒的，不过是自己内心的高山和童话。访梅，何尝不是如此。

在佛祖的注视里，神色安和，静静垂眉。

遥想远山花海，背影里，梅，仍旧在开。

人生征程中的一再回首，大抵为了不断地扣题和点题。笔至此止吧。也请容我“逆流”望去，姑且牵强点题：

触目横斜千万朵，赏心只有三两枝。

2016 年 3 月 2 日

当爱已成往事

八月末的上海，依然是夏天的表情。

朝晖涂满鳞次栉比的楼宇，每一条街巷里都依稀袅娜着旧上海的沉香气息。踽踽于繁华都市熙熙攘攘的人流，魂魄出窍，漫漫寻一份隔时空的相知。

光阴如逝水，忽忽近百年。曾经风靡上海文坛的一代才女张爱玲，已然不在。然而，于岁月里打望，那一背倚风景而立的身影仍旧水意鲜活，呼之欲出。

迢迢千里，一身风尘。我像所有的文青那样，怀着对张爱玲的仰慕和疼惜，来到常德公寓。这座都市一如往昔的繁华着，这座公寓也一如同当年的张爱玲，孤高清冷，断然将每一位来访者拒于门外。——门上赫然挂着敬告牌：私人住宅，谢绝参观。

似乎为了安抚每一颗千里扑空的心，常德公寓楼下善解人意地保留着一家以纪念张爱玲为主的书咖，千彩书坊。

临街宽大的落地窗上，张贴着九月“玲剧社”角色玩家出演张爱玲微话剧的大幅海报。

进了书坊，首先入耳的是旧上海的流行歌曲，四周的墙壁上是张爱玲的油画像。书坊内的电话、留声机、茶桌、座椅、贴花的墙纸，清一色的做旧与仿古，融以橘色朦胧的灯光，温暖，优雅，弥漫着淡淡的感伤。

书柜里，张爱玲的作品一应俱全。看着齐备的书目和版本，毋庸置疑，张爱玲的一生是传奇的一生。于此，每一位张迷莫不熟稔，提起她的作品，便如数家珍，我自不必赘述。早在 20 世纪 40 年代，她便以年轻的生命、惊世的才情，跃然于灿烂的文坛高峰，红遍整个大上海。就连她与风流才子胡兰成的相遇相识相知相恋相离，也不可避免地成为一场绝世传奇。然而，于我，那些灿烂光华，是留给世人仰视和崇拜的。我只是心疼，心疼她灿烂光华背后的黯然零落；心疼她被辜负的一生，孤独漂泊的一生。

来得早，我是今天书店的第一位客人。这一天，是我专门为爱玲留下的。

要了一杯英国红茶，坐下来，尽情享受这车水马龙中的一点清静，一炉沉香。

我一直以为，张爱玲是个怀有恋父情结的女子。据说，女孩子“恋父”，无外乎两种情形：一种是父爱太浓，期冀延续；另一种，是父爱缺失，以求补偿。张爱玲当属后一种。

成年的张爱玲带着亲情世界的空白，于冥冥之中，寻觅着一份属于自己的宠爱，以期补偿年少时光里父爱的贫穷。终于，23 岁的张爱玲在文学的殿堂里因为小说《封锁》与胡兰成致命邂逅：

一个是年近不惑，洒脱儒雅，情场阅人无数的风流才子；一个是芳华正好，才情惊世，情感世界尚为一张白纸的女作家。胡兰成对张爱玲的作品殷勤关注，大加赞赏，他的品评可谓“棒棒敲在鼓心上”。

对于一个写字的女子，有什么能比欣赏和关注她的文字，更容易涉足她的内心。于是，一个唱“因为相知，所以懂得”，一个和“因为懂得，所以慈悲”；一个需要知音和宠爱，另一个恰恰可以满足。就这样，彼此惊艳，两情相悦，张爱玲不可救药地爱上了这个足可以做父亲的、已有两次婚史的“熟男”，坠入爱河。

然而，“因为懂得，所以慈悲”，于心深者，意深，于心浅者，意浅。于一位风流才子，不过就是轻松掠空一颗芳心的一场情劫。

1944年结婚，1947年离婚。所谓的“岁月静好，山河安稳”，终究没长过三个春秋。温州渡头的冷雨浇灭了张爱玲最后一丝念想。她终究心灰意懒，含泪离去，也自此从胡兰成的怀抱中毅然出走，继续她一生中更深、更远、更孤独的漂泊。

抽身，已是永诀。张爱玲的清醒与孤绝，注定了她成不了一个拖泥带水缠夹不清的女子。戛然斩断，是绝望，也是护卫。遭遇胡兰成的张爱玲，情窦乍开，不管不顾的倾情绽放，已然燃尽了生命中最盛最美的光华。黯黯于如佛的慈悲里，小心拾取昔日的落花，为它腾挪出方寸真空，密密封存。从此，守口如瓶，至死沉默。

马德老师说，当最初的美好被沦陷之后，其实不完全只是对一个人的排斥和拒绝了，而是对一种美好的惶惑和恐惧。也就是，一颗向美的心，崩塌了。

我想，精神的世界里，苍凉，莫过于此了吧。她孤身隐居，几乎与世隔绝了。她的心，她的爱，甚至连同她的惊世才情，一并崩塌了，萎谢了。

我喜欢朋友的一段话：“疏离，寡淡，宅，非刻意所为，甚至也非本愿。只是这世间，投机时候、投机的倾听和叙述者同属罕见。轻易不见人，是以静制动，少欲少求；亦是自身就很圆满，内心自有洞天。

所谓一石一世界，故不觉寂寞。”从没有人如此确当地解读过这样一份遗世的寡合，我也愿意这样理解张爱玲。对这个世界，她什么都不需要了。

书坊的一面墙壁上，有一幅张爱玲与胡兰成双双临镜的油画。画中是张爱玲窈窕挺拔的背影，胡兰成儒雅俊美的面容。我想，那一定是张爱玲一生中最幸福的时光吧？

这世上最残忍的一句话，不是对不起，也不是我恨你，而是大梦醒来再也回不去。身在美国的张爱玲读完胡兰成的《今生今世》，彻底清楚了自己在胡兰成生命中的分量——她以二十三年的精华积蓄，于初遇那一刻的倾情绽放，在一个用情浮泛的男人连绵更替的艳史中，也不过就是与诸位过客平分秋色的一段寻常风月，而已。

此刻，是上海的黄昏。坐在这个繁华都市的一隅，捧起随身携带的《最好不相忘》，回味她孤独漂泊的一生，内心别是一番悲戚。于车站旁餐饮店杯盘碗盏的撞击声中，铺纸走笔，奢侈地拿出 4 小时的时间，记下我读爱玲、访爱玲的点滴心迹。请允许我用王鼎钧的《碎琉璃》中的句子来结束这场充满心痛和凄凉的沉香返溯吧：

生活，我本来以为是琉璃，其实是琉璃瓦
生活，我本来以为是琉璃瓦，其实是玻璃
生活，我本来以为是玻璃，其实是一河闪烁的波光
生活，我终于发觉它是琉璃，是碎了的琉璃

拼图打散了

总有重新拼好的一日

琉璃碎了

纵使能一片片重新胶合起来

却不知是否能跟从前一样光可鉴人

很多时候，理性的语言，每一句都是一柄利刃，在我们十分清醒的状态，犁过内心最密集的神经。我们却终究不能因为拒绝疼痛，而无视真相。请原谅，我还是想说，当爱已成往事，当所有的欢笑已绚烂成岁月的伤口，当记忆的反刍已成为对现实的凌迟——

还是忘了吧。

2014 年 8 月 23 日黄昏 于上海

最好的旅行，是独行

像一只沉默的犁铧犁开泥土，我犁开熙熙攘攘的人群。

再走常德路。

再过静安寺。

再次伫立千彩书坊的门前，默默回味门内怀旧的灯光，温雅的红茶。

把挤过的那趟地铁再挤一次。

把淌过的那段光阴再淌一次。

把揪心疼惜过的“故人”再紧紧拥抱一次……

不知道是我没有发现她的新变化，还是因为我的内心始终固执地留守在旧时光，总觉得，上海还是老样子。

斑驳的，一如昔年地斑驳。

缄默的，一如昔年地缄默。

那些深挚与决绝，那些柔软与坚硬，那些世俗与超脱，那些精明与痴傻，那些低微与高傲，亦是一如昔年，在那张冷艳的面容里飞扬。

默然而恒久。对立又统一。

我来过。我在心里对你说。

有了却夙愿式的踏实与放松。

站在南国斑斓的冬天里，微笑着，对你摇手。

辞别爱玲，这一天的黄昏，耗在了新场古镇。

我来时，夕阳打遍老街。

满街的游客，扛着嘴巴，各种吃。横着相机，各种拍。走到一家叫作“摆渡人”的礼佛用品店，被绊住了。门里门外，袅娜着的，是巫娜的《清夜弹琴》。为了听琴，我在店门前徘徊了几回。

忽然觉得，这条老街，像极了一道静卧的古老的河床，而我们，像音乐，像浮萍，像悠悠流水，像一群交头接耳喊喊喳喳的水禽，一拨一拨，经过她静默而温暖的怀抱。

什么也不缺。

什么也不买。

更是舍不得清爽的肠胃去盛放满街杂乱无章的小吃。

我只在狭长的深巷徐徐徜徉。看小桥流水。看粉墙黛瓦。看雕花门窗。裹在熙来攘往的人流中，清晰印证着内心深处的安谧、欢愉，和无上自由。

余晖染上面颊。

清风擦过耳际。

我的笑意温暖着冬日渐渐四合的暮霭。

整座古镇都是我一个人的。

一条傍河的廊道内，有一小段，挂满了许愿牌。

我已经很多年不许愿。

于内，我想要的，我自己都能给。于外，我对这个世界没有期求。

站在世人密密麻麻的愿望下面，仰望那些悬挂在风里的虔诚与热切，像冥冥之中的缘分，有两只许愿牌，执拗地一再影入我的视线。心动了一下。随手拍下来，送给母亲和众生：

“亲爱的妈妈，身体健康！我爱的和爱我的人永远幸福快乐！”

“愿：所有人都开心，找到属于自己的幸福。”

是夜，病卧古镇。

次日，下楼退房的时候，晨光早已洒满小镇。

吧台内，卡朋特的《Yesterday Once More》在流淌。适度的抒情，节制的感伤，舒放而并不慵懒的旋律……并不仅仅在释放一种怀旧的情愫，也在坦陈经典之所以成为经典的魅力和理由。多么熟悉。昨日重现。这是2000年入网之初，哥哥分享给我的第一首有词的歌。穿过光阴，它旧得光芒四射。

办理好手续，仍旧在音乐里木立良久。

我本以为，起床太迟，古镇早该又是一片喧腾了。而再次踏入老街的时候，才真正看到她恬然安谧的样子。到处是一派“涨潮”前的静与空。

阳光安详，沿街漫步。

一只棕色的小狗坐在石阶上出神，晨光镀满它渺远的心事。

一只红灯笼温暖静默地照着黑漆古旧的店门，安详宁谧，像在守候归人。

站在一座穿街的小桥上，顺着河道放眼，沿岸是临水而居的人家。阳光下，斑驳的墙壁，经年的老屋，还有晾晒、扑打着棉被的老阿姨，让人恍惚又回到了“从前慢”，油然而生的，是一种久违的放松和舒适。

南山寺肃穆静卧，寺内花木，也早已浸透佛性的光辉。阳光将花木的影子细碎地打在金色的墙壁上……

就这样，一个人慢慢地走。

我喜欢一个人。

不需要交流。不需要陪伴。没有欲望分享。也不想认识谁。连神情里泄露的喜悦也不想被人发现。

我喜欢被淹没的感觉。

我喜欢被遗忘的感觉。

我喜欢在别人背过身去的时空里，无拘无束地张罗我的花和草，铺排我的小和暖，独味我的悲与欢……营造属于我的丰实、开阔、繁花似锦……一次一次迎来自己的柳暗花明，峰回路转。

无法清晰地分割，从哪一天起，我走成了这样的姿势，开始了这样的生活，让独自存在成为灵魂不可或缺的需求。就像梅·萨藤写的那样——

朋友、热恋都不是我真正的生活，唯有独处，在这独处中探究、发现正在发生或已经发生了的才是我真正的生活。

于我，最好的旅行，是独行。

连爱人也不要。

2017 年 12 月 11 日

沉默里，有美丽的雄辩

骑自行车去乡间登山。

十几年里，这山，我已记不清登了几回。但只要有闲，仍旧来。这里有我喜欢的山花，小草，白羊，还有满山静默的岩石。每次来到这里，心，便别样的平静和安详。

人到中年，愈觉山野秋郊尤可清心。

慢慢在山中行走。脚，细心地触摸每一块山石。每一块山石都静默无语，但我知道，他们正在静静倾听我业已成熟的思考，感知我淡然而美好的心境，和心灵深处一再深掩回护的柔软。

俯身于山岩石隙间那些安然开放的小花，打开相机，将它们平和宁静的容颜逐一定格。我喜欢这些寂然开放于角落里的花朵。无扰。不争。宁和。自在。尤其是一朵一朵，各自散落的。朗秋暖日下，渐枯的丛草间，它们犹如温暖而明丽的眼，清新地点染着大自然的生机。

落座于一朵小花旁的山岩，对着秋天不胜辽远的天空出神，恍然也是散落苍穹下的一朵。油然想起王维的《辛夷坞》：木末芙蓉花，山中发红萼。涧户寂无人，纷纷开且落。那时，正值青春年少，怀揣一腔暗涌的热血和梦想，为事业默默日夜奋耕；长夜青灯下持一卷清冽的文字，让灵魂独行于方外，于清醒中漂泊、期待、追寻——那一盏有光，有暖，又智慧的明灯……孑然而漫长的跋涉里，初遇这孤独的吟唱，怦然心颤，一份真意袭然入骨。后又遇同时代的李华发出的类似的叹惋：芳树无人花自落，春山一路鸟空啼。今日独坐山巅，风中转顾一路深深浅浅的足迹，独味古人的行吟，心中涌起的已是“也无风雨也无晴”的中年况味。以此时此心，遥想彼时彼境，山花何异？她们早已涤身于岁月的风雨、历史的烟尘，惯看四季更迭荣枯变幻而波澜不惊，寂寞伤怀的不过是诗人和我罢了。

注视着眼前石隙间这平凡的生命，对视她温和恬淡的眼睛，读不出任何凄凉悲苦之意。是风吹雨打的历练，漫山遍野无边无际的孤独寂寞的磨洗，让她柔韧而坚定，生命便也自然而然地进入了另一片开阔之地。山感知她的脉动，露滋润她的心田，蜂鸣鸟啭为她歌唱，繁星如萤暖她的梦境。年复一年，她默默无言。林清玄说，每一朵花都是安静地来到这个世界，又沉默离开，若我们倾听，在安静中仿佛有深思，而在沉默里也有美丽的雄辩。你听。你听！不是吗？

袅袅兮，秋风拂面。放眼处，羊儿悠然散落于山中，不时咩咩几声，不为呼朋引伴，只是以风为媒，递出消息：我在这里。放羊翁示我以苍老而温暖的背影，面北踞于一块山岩上，贴着手机在和谁喁喁笑语。看着他糙裂的大手和白发，想象他满面沟壑中流溢的闲适和自足……晴日半悬，山中的松，山下的湖，湖边的田，一切都是那样的安然祥和……

岩畔并坐的花朵轻轻摇曳，举首风中浅笑，低眉慈悲安详。她以一种温暖的生命存在启示我：

欢愉，而不必欢呼。

强大，而不必强势。

怀抱坚定，而不必锋芒毕现。

有一种令我仰视的生命，什么样的气候都不影响收获，什么样的遭际都可以活为幸运。平和，执着，沉静，是一种恒久的美。

大千世界，万类相通。感谢自然的恩典。

今秋朗丽静好。

一种情怀，安然抱守。

2011 年 10 月 9 日 于晶都

行走，让人宽和而谦卑

朝阳在东方绽放，我们逆着万道霞光，“激流”勇进。

盘腿坐在副驾驶的座位上，抱着保温杯，小口啜着滚烫的咖啡，看窗外草木葳蕤，翠色如流。在这个经济不发达的高速路段上，车辆稀少。我给先生读林语堂的经典句段，讲那些讲了一百〇一遍的故事，说那些说了一百〇一遍的废话……其实，一百零几遍不重要，那些故事和废话本身也不重要，重要的是那两个冒傻气的人永远讲得津津有味的兴致，和小松鼠一样快乐的心情。

我想说，这是我最快乐的时刻，又觉不妥，“最”，是个答案唯一的单选题，而生命驶入中年的祥和之后，越发觉得，已是很难找出最快乐的时刻了——愉悦安暖的感觉随时会像清风涌泉，惠泽我的心灵。在文字或是有声语言里，使用“幸福”这个词语的频率也在不断降低。

中年的心境，更多的时候是愉快而又平静的。

生日那天，二十多年不见的故人远道来我生活的城市里，参加一本书的首发式。但我们一如他年，文字互致问候，互不邀约；大暑时节，信息送来山间的清凉。多年的友人就在我的城市里，就在我不远处的山林间戏水、漫步。但友人知我，不会说“你来”；我自安然，也必不会说“我去”。

而我每每走过一座住着友人的城，也总是安静的，愉快的，至多在踏上归程时递去一个简单的消息，或是在自媒体里发一组风景图片，算是知会友人：我来过。

那样的日子，风，总是异常的清凉，斜阳，总是异常的婉媚，工作时，内心也是别样的愉悦和充实。

近十年来，断断续续，一直在路上。工作之余，或是单枪匹马，或是与先生一起，行走于山山水水之间。看青山巍巍不语，草木莽莽不言，静静领悟着自然的庄重与博大。荀子说，不登高山，不知天之高也；不临深溪，不知地之厚也。是的，自然，是一本最好的百科全书。行走，让人增长见识，也让人变得宽和而谦卑。

在这个充满喧嚣的世界里，满眼是各种炫，各种推销与笼络。当文字变成各种迎合，语言沦为一种聒噪，越来越珍视那些羞怯的人，那些低飞的姿态，和那些恬淡的交流。

“十分冷淡存知己，一曲微茫度此生。”一直喜欢着这样淡远的格局，也一直偏爱着张充和的这一副联语。

我始终相信，世上最深远的情义，是淡。最低调的爱意，是善。最恒久的温度，是暖。在这朝晖打透心灵的旅程中，想起那些善，那些暖，风轻云淡，天高海远。

笑意，在心里氤氲，舒展。

2016 年 7 月 31 日 于旅途中

向着远方，寻找自己

1

七月酷暑，怀揣一个人的千里流浪梦，入川进藏。

下了飞机，踏上甘孜的土地，脚下是海拔四千多米的高原。站定脚跟，引颈向天，不禁幽怀顿开：湛蓝的天空澈洌如洗，巍峨的群山连绵起伏，低垂的白云，如同大朵大朵蓬松的棉絮，孤高而雍容地舒卷着。极立体，极质感，仿佛触手可及。伫立于这样一片高天厚土之间，仿佛附了神奇的魔法，刹那间拥有了吐纳江河的气量，一种梦想已久的浪迹天涯的无羁与畅放，蓦然涌至心头。

震撼之余，不能自已想到一个词：汉子。对男人的种种称谓中，我以为这是最为壮美的一种了。这个词，意味着彪悍勇武，意味着粗犷豪放，意味着顶天立地。这个词，会在你心里泼墨成画：大漠如海，斜阳如血，一个魁伟的男人持缰勒马，昂然转顾，于腾空的马背上，定格成大自然最刚性的剪影。他会为了江山大业策马扬鞭，纵横沙场，也为了爱情美人赴汤蹈火，在所不惜。这个词里，有浪漫，江湖，有冷酷，柔情，更有标志着臧边男人的精魂——野性和自由。从来深信自然风情对于性灵不可抗拒的浸染力。或许只有甘孜这样的天，这样的地，这样的青山，这样的白云，才能养育出这般有血性的汉子。

在这人神共居的高度，我真切地感受着，内心深处的桀骜和勇敢，正被这阔大气象怂恿着，突破沉默，昂然抬头，欢乐地透射着坚毅的锋芒。

2

离开康定机场，坐上旅行社的小型客车，摇晃在通往塔公寺的路上。时而尘烟飞扬，时而泥泞颠簸，常常在很长的里程中见不到一个行人。偶逢一两个维修路段的藏民，黑红黑红的脸，慷慨的裸露在辛辣的紫外线里。那种对于生存环境的自然自适、高度亲和，使得车内涂了层层防晒霜的人们，犁然顿悟，对于“异域”，自己永远不过是一掠水蜻蜓、匆匆过客。

难得导游不语。我们坐在颠簸的车内眺望“两岸”的青山，静静出神。暗自欣悦，这样最好。——在默然行进中，或专心于藏地风物的浏览，或沉湎于沧桑历史的漫溯，而不必清醒今夕是何年，脚下是何处。忘其所来，不问所往，只这样无扰地漫漫于实有与虚无的征途。

3

高原的阳光是犀利而白亮的。在强烈的光线下，人，颇感无处遁形，几乎连心灵的每一处幽深的角落都被逼得一览无余。泰然自若的，永远是青山绿树小草。苍苍莽莽，铺地连天，一派茁壮与生机。哗哗奔腾的河流清亮地犁开成片成片的绿地，蜿蜒如歌，浪花如雪。

侨居加州的朋友说：“去不同的世界地域，我喜欢观察河流与河床。从中，尝试探索‘边界’的内涵。”在甘孜，我所见的每一条河流都有如雪的浪花，不免也让我付之更多的忖想。

甘孜地理独特，地处青藏高原向云贵高原和四川盆地过渡地带，地势由西北向东南倾斜，北高南低，中部突起。由于海拔落差大，河底多乱石，这里的川流迥异于平原的悠然从容而激情满怀，昼夜奔跑不息，歌声不绝于耳。亚圣警世：生于忧患，死于安乐。诚然！有了冷与热的对立和均衡，才有了风的飞翔；有了岩石的撞击、跌落的疼痛，才有了水的如雪浪花与快乐歌唱；有了忧患的不断挑战，人类才充满征服和创造的斗志……这便是大自然以最朴素的方式揭櫫于人类的至简大道。

大自然才是一本最直观的读之不尽的大书。笃诚行走其间，无须刻意，过往间接的获得，在这广阔天地间几乎都可以找到直接的落点。这般自然而然的对应归置，让人如此踏实笃定，又心悦诚服。

旅行，是借助于双脚的另一种阅读和印证。

一切原来就这么简单。

4

进藏的第一个晚上，我们住在一个小镇上。至今不知道那个小镇的名字，只记得，那个小镇是那么美、那么悠闲。

躺在旅馆的床上，放眼窗外，又是巍巍青山。山坡上有大片大片的云影，对应着找到天上去，就会看见那片投影的云。苍翠的草皮上，散布着一些黑色的点点，有的偶尔会移动，更多的好像黑色的石头，静静的。那是牦牛在吃草。半山腰，一片彩色的经幡在风中荡漾。

蓝天白云下，舒展四肢百骸，我静静睡熟了。醒来时，那些云影都游到了不同的位置。有一片离我的窗口很近了。如果你愿意，完全可以赶着牛群或羊群，悠然地随着云影享受荫凉。

旅馆前面住着一户藏民。院子里是女主人自己种的青菜。一大片，一直铺到院前的青山脚下。高原的斜阳少了几分朦胧，多了一份清澈，朗朗的，洒满山坡和小院。山色恬淡而温润，那些小菜变得翡翠一样剔透。那天的晚饭是我们在藏家小院中自己动手烹制的。

我端着洗菜盆，站在斜阳里，都市丛林般的楼宇，甲壳虫一样爬行的汽车，各种喧闹嘈杂的市声，碌碌如蝼蚁的人们，在那一刻，统统恍如隔世。

那晚的饭菜别样的可口，那个黄昏也格外醉人。

在那个缓慢安闲的小镇上，在那个朴素的藏家小院里，我的心，我的胃，都得到了最好的安慰。

5

塔公寺，木格措，红石滩，贡嘎雪山，冰瀑，泸定桥……若有情致，川边处处皆景致。经行处，最难忘的，是在磨西镇。在那里我们一起参加了康巴藏彝民俗风情晚会。吃藏家餐，行藏家礼，喝青稞酒，跳锅庄舞，高唱着“扎西德勒”，互赠美好的祝福。

来自全国各地的游子手牵手，拉成里外两层圆圈，欢乐起舞。不介意动作是否协调，节奏是否合拍，只是恣情释放。那一刻，每个人都忘记了年龄，忘记了身份，忘却了都市生活中的得失荣辱爱恨情仇，在彼此率真的笑容里轻松卸甲，纯如稚子。我知道，在狂欢的人群里，没人认识我是谁，也没人会留意和嘲笑我笨拙的舞姿，可是仍旧忍不住面红耳赤，手足无措。跳了两圈，还是不堪自己的窘相，逃之夭夭了，如释重负地站到宾客席内痴痴看人们载歌载舞。

那晚，我见到了传说中的康巴汉子。棱角分明的脸庞，果敢坚毅的神情，传统的藏家服饰。一曲《青藏高原》跌宕起伏，深情奔放，豪气干云。我被深深感染了。一改往昔的羞涩和胆怯，众目睽睽之下，鼓足勇气走上了演唱席。那男子躬身低头，我双手将金色的哈达戴在了他的脖子上。坦诚地说，与其说我将哈达献给了那个已经沾染了商业包装气息的藏家男子，不如说把美好圣洁的祝福献给了我心中对于“汉子”的完美理想。——那一刻，我的内心充满神圣和美好，所见的，已不复是某一个具体的人。

我听到了同伴们热情的掌声。——这掌声饱含善意和温度，为了那个不一样的我。

晚会散了，内心仍旧暗自兴奋着，为晚会，也为自己。大家恋着夜色，转战一家露天排挡饮酒清谈。觥筹交错，欢声笑语中，夜渐渐滑进宁谧的深处。仰视如洗的苍穹，天低月近，星斗粲粲。怡然神醉，忘乎形骸。一时间，竟不知身在瑶台，还是川边。“不敢高声语，恐惊天上人”，那种内心的放旷与欣悦，确是别样的真切。

那夜，亦真亦幻中，我闯进了自己用岁月织就的童话世界。心，如夜空一样洁净、草原一样开阔。

6

在甘孜的日子里，车似乎无时无刻不在山间行驶。峭壁夹道，举首见山，仰之目眩，不由人心生几多忧惧。想起林则徐的联语：“海纳百川有容纳大，壁立千仞无欲则刚”。千尺陡峰可以挺拔直立于漫长的岁月风雨，因为他们的“心”没有非分的欲望和偏倾。大千世界，万类相通。自然万物，常常是人类最好的楷模和导师。一位朋友曾经满怀善意地提醒我：“都市红尘里，没有一个人的世界，没有一朵花会自己开放。”山中数日的行走与揣想，终究固执认定，一个人的世界，或许并不是不需要朋友，而是和音之上的主旋律永远是自己的独唱。不论外面的世界多么精彩，灵魂的清醒与安宁终究需要回归一个人的世界。大自然是公正的，阳光雨露空气水，平等恩遇万物，在健康的环境里，健康的生命自然会苍翠葳蕤。我相信，每一朵花都会自己开放。花若不开，定有她不开的理由。

“山静云初吐，霏微触石新。”离开甘孜的那天清晨，山色润泽，氤氲的岚气，于山头弄诗。时值七时许，车行山间，山道高低起伏，回环往复，如百转柔肠。

转顾来时路，看不居的岁月，一片一片凋落了我们的翎羽，我们的心再不能飞翔，于是我们告别了诗的年代，转而用行走的双脚在大地上抒写生命的散章。天涯海角，我们收获着点滴开悟的喜悦：接了地气的灵魂更容易成熟，经岁月而愈饱满，经风雨而愈通透。

轻轻扬手，挥别这遥远的川边高地。我说不清自己舍下了什么，又觅得了什么，只知道，我心里静静流泻着灿烂阳光。

2012年8月10日

不惧千山独行

有时，我用文字行走。

有时，我用双脚行走。

有时，我用内心的翅膀行走。

有时，我寸步未移，却远行万里。

有时，我千山万水，心还在原地。

有时，我用微笑表达。

有时，我用图片表达。

有时，我用长久的沉默表达。

有时，我说了很多，其实什么也没有说。

有时，我好像什么也没说，却也什么都说了。

我喜欢独来独往。

我喜欢自言自语。

总之，我喜欢一个人。娘用老家的话说，这小孩生来“独作”。

从我克服对未知世界的恐惧，第一次成功实现单飞的那一年，便不可救药地恋上一个人的旅程。

我喜欢自己走，我想要一种全身心的投入，将自己放逐到自然里，浸在风里，雨里，阳光里，沉潜在专注而深入的体验和思索里……藉一花一木一山一川实现对自然的充分抵达与进入，藉一砖一瓦一城一池实现对一段历史人文的返溯与谛听……去留疾徐，深浅短长，全凭己心。平和，舒泰，宁谧，恣意于无疆的自由、清醒的孤独与淡淡清欢。

就那样深深深深地“迷失”在长长的旅途。

我是一个路痴。

单飞回来，我依然是一个路痴。但我已无所畏惧——

当你推倒了一堵墙，世上就没有挡得住你的墙了。不是它们真的消失了，而是你从此获得了推倒一切障碍物的勇气。有了热爱和勇气，你就有了一对隐形的翅膀。

从此，我有能力向着自己的目的地，随时出发。

许多年来，自己和自己在一起，是常态。没觉得有什么不好，也没觉得需要更多。平实。欢愉。有时，一个人也会乐不可支。

我知道，不论我“成熟”到什么份儿上，也没有能力爱上“群”的狂欢。

不惧千山独行，也不惜良辰虚对。

因为我从未觉得这是一种苦。

2018 年 8 月 23 日

第二辑

尘缘

与父亲相伴的日子

1

父亲病了。胆总管梗阻。医生说，这，会令病人非常痛苦。

入院那天，父亲只安静地躺着，双唇紧闭，好像睡熟了，只有额上渍渍的汗泽告诉我们他沉默的隐忍。

父亲今年整整七十岁了。在那些艰难跋涉的日子里，他和母亲靠着一口猪栏几亩薄田，一滴汗一滴血，将我们兄妹四个养大成人，尝尽了生活的辛苦。他的心似乎已经足以承受所有的苦难，即便是那一刻疼痛的剧烈撞击，他依然显得那样平静安详。

尽管父亲没有发出任何声音，我的心仍旧揪得紧紧的，手心冰冷汗湿。

立在病床前，默默注视着父亲麸色的苍老的脸膛，花白而整齐的短发，许多的往事自岁月的深处纷涌而至记忆的幕前。

2

父亲一直是个斯文而谦恭的人，因家贫无缘升学，务了一辈子农，却被远远近近的人视为读书人，备受四邻和亲友的敬重。他对所有人都是那样宽容，温和，有礼，唯有对母亲和我们四兄妹却是异常的苛刻、严厉。他不许我们做很多事：不许撒谎，不许逃学，不许在书上乱画，不许乱撕作业本，不许私自拿抽屉里的钱，不许肆意说笑，不许嗅鼻子，不许踢石子，不许靸拉着鞋，吃饭不许发出声音，不许母亲端着碗站在院子外边聊天边吃饭，不许母亲用粗话责骂孩子，尤其不许责骂女孩子（犯了错误可以打）……真的不胜枚举。诸多的“不许”，使我们在父亲面前从来都是毕恭毕敬，大气儿不敢出一声。母亲愤愤地说，这世上，个个都是他的亲人，他只和我们娘儿几个有仇。懵懂年岁，我几乎信以为真。

记忆里，父亲常常绷着脸，却把最好吃的留给我们，把最软最暖的棉被盖在我们身上。夏天的中午或晚上，让我们排好队，把我们一个一个洗干净才允许我们去休息。我们犯了错误，他会严厉地责打我们，但是从不忘定期检查我们的书包，然后坐在灯光里，细致地裁开白纸，及时为我们兄妹订好习题本儿。遥远的记忆中，不论生活多么拮据，父亲买白纸时的慷慨从来都像一个富翁。父亲订的本子永远都是那么整齐完美。我永远记得父亲灯下裁纸时端正持重的坐姿，和专注而神往的表情。

在父亲的枕边，有一个小本本儿，里面夹着一支铅笔。那是父亲读书时用的。那时，我们都很畏惧甚至痛恨那个本本儿，因为在我们看来，里面全是父亲为了训斥我们收集来的佐证。父亲常常在星期天的某一个时刻，让我们兄妹四个整齐地站在他的面前，他便拿出那个本本儿，开始了对我们的说教。也许更多的是拿来教训两个哥哥的吧，很多话我听得似懂非懂。诸如“近朱者赤，近墨者黑”“人无远虑，必有近忧”“谦虚使人进步，骄傲使人落后”“昂着头的谷子都是瘪的”之类的句子，最早便是小学时代从父亲的那个本本儿里听来的。类似的训示一直持续到我们各自成家立业，待我们生儿育女业已为人父母，他仍会偶尔地招齐我们至跟前，把他认为非说不可的为人处世的道理逐一再叮嘱强调一番，才会露出释然的神情，仿佛这样才能确保他的孩子们不会走上斜道。

我们逐一独立之后，父亲便不再唤我们的乳名，也不许母亲唤，在我们的孩子和爱人面前，他们都是很正式地呼我们的学名了。我常常在内心羡慕别人家的欢乐和自由，希望可以很自然地赖在父母亲的膝下怀中，可以如同别人家的孩子那样，犯了错误就被大人追打，但打过哭过立时雨过天晴，而不必在难熬的沉默中反省，自罚……

3

父亲的静脉细而弯曲，药水缓慢地滴着。父亲安静的面容显得有些疲惫。潜意识里，想轻轻握住他落在床边的大手，但终究拘谨着，抬不动僵硬的手臂。——对父亲的敬畏，以致许多年来，我与父亲的感情似乎始终隔着，从不曾率意地表达过内心深处日渐浓郁的亲近、眷恋和感恩。

炎症在不断地消退。其间，往返于县市医院，父亲接受了各种检查。医生说，胆管内有结石，需要手术。其实，这手术并不大，对于年轻人而言，不过相当于割掉阑尾。父亲总以为有重大的病情瞒着他，执意说，七十岁的人了，不必了吧。之后，无论我们怎样解释和安慰，父亲仍是长久地沉默，我们都清晰地感受到父亲内心的紧张和恐惧。是的，那一刻我确信，父亲真的老了，他开始眷恋，他不再强大和威严，变得像一个孩子一样脆弱和无助。他不说话，因为他不能说。——我知道，在这样的时刻，他极其想念大哥和四弟了，又不想他们抛下手上的工作，路远长程地从几千里之外赶回来。

其实，人惧怕的，并非是死亡，只是竭力地拒绝一种与亲人和爱的永恒阻隔。

4

大哥电话过来，对父亲说：如果你不肯做手术，我现在就回去。

父亲终于妥协了。沉默中，他的眼睛里慢慢涌满了泪水。

周五上午，父亲的手术顺利完成了。下午我请了假早早回到父亲的病床前。父亲面色苍黄，手上脚上都挂了吊瓶。他醒来时，看到我第一眼就用喑哑的声音对我说："原谅我吧！"我诧异地看着他，他满面愧色，接着说："以前我对你们太严厉了！"我不知道怎样回答父亲，只是安静而拘谨地握住了父亲苍老的大手。记忆中，这是我第一次这样握着父亲的手。父亲刹那间泪水涌流。我也流泪了。母亲也流泪了。

那天下午，父亲那样慈祥温和，轻轻地，和我说了很多话，还对我讲了早年在石河子遇见的一个女孩子。那年，父亲在石河子帮一位朋友看管建筑材料库。一天中午，来了一个女孩子，告诉父亲，她在附近的大学读书，想要一块刨花板切菜用。其实，工地上可以用来切菜的刨花板随地都可以捡一块给她，只是不规则，也不漂亮。父亲说，好，你下午放学再来拿吧。下午，父亲找出一块好板，专程拿去让木工切开，用木条固定好，做了一块漂漂亮亮的切菜板。遗憾的是，不知为什么，那个孩子一直都没来拿。父亲说，看到那个女孩子他想到了我，便不自禁对木工师傅说："孩子离开父母，出门在外太不容易，希望能给她最好的帮助。我家丫头从小不爱吃米饭，在师范读书三年，食堂里有位好心的师傅，每天中午为我的孩子在米饭盆里埋一个热馒头，三年，多不容易啊！我一辈子都感激他！"

我不知道该对父亲说点什么，只是安静地听他说着。我一直不知道，严厉的父亲曾用这样的方式，在远方表达着他对我的惦念与呵护。

长这么大，我从没有觉得这样幸福过。心里辛酸又温暖。我想，整个下午我的眉目间一定布满了笑意。一直握着父亲的手。我豁然明白，在父亲和孩子之间，无论多么遥远而又长久的阻隔，只需掌心相印的一瞬间便可彼此抵达。

父亲放下了所有的威严，变成了一个温驯的孩童，而我，仿佛一下子成了父亲强大的依靠。

今天是父亲入院第十天。

父亲的身体，和我的内心，都在顺利地康复中。

2011 年 5 月 25 日

生命里，你无处不在

1

坐在客车上，读小松知佳的《父亲》，不管不顾地涌泪。

转向窗外，晨光熹微，秋色漫天。稀疏的杨树叶子黄绿相间，衬以空阔的高天，益显鲜亮夺目。银杏已是一色的金了，在秋天的旷野里，灿烂成一树一树无声的欢呼。

季节远了，远到可以审美。

从不曾留意，秋天原是这样的绚烂与朗丽。就像从未曾察觉，我原是这样深爱着我的父亲。

父亲是个孤独的人。他对自己的兄弟和孩子们都异常的严厉与苛求，为此，家人都尽力地躲避着他。我们愁见父亲严肃得近乎僵硬的脸，怕听他古板枯燥有时甚至有些危言耸听的思想教育。我们兄妹仿佛心有默契，以一种无言的约定，为逃离父亲的管束和冷厉的目光而共同默默勤奋读书。终于，我们各自在学业里找到了自己的未来，一个一个远飞。弟弟不幸掉队，没有考上大学，毕业后却也硬是携妻儿举家远迁，宁愿去四千公里之外讨生活。每思及此，我总是纠结不已，难以断论，我的父亲，究竟是一位成功的父亲，还是一位失败的父亲。

父亲渐渐年迈，神色也渐渐缓和了些许。我开始清晰地感觉到父亲对我们的想念，但为了勉强维持一位父亲和男人的威严，他坚决不肯吐露半个字。去年春末，我们离家之际，他低声说，有时间打电话回来。那一刻，偷眼父亲有些羞涩而寂寞的脸，我平生第一次腾起胜利的得意，在这场持久的“较量”里，强大的父亲终于绷不住了，最终滑向了溃败的边缘。我觉得呼吸都一下子顺畅起来，心里敞亮得要涌出泪来。

我没有遵从父亲的叮嘱——常打电话回家，却常常风一样突然旋回故乡的小院，若无其事地推门出现在父亲的面前。一样的，不肯吐露半句牵念。只轻轻问一声：妈呢？

我一直以为，我与父亲无声的“斗争”之路还迢遥得很，有的是时间和他慢慢纠缠。大约是因为他的管束让我时常觉得自己还只是一个读初中的孩子。

然而，九月，父亲的猝然离世，在我的波平浪稳的生命里投下一枚炸弹，让我无比错愕和悲恸。从生病入院到轻轻撒开我的手，不到四十小时，坚强了一辈子的父亲，在最紧要的关口竟那样匆匆妥协了。一切仓促得失却了过程，眼前浑身插满管子的父亲安静得像个乖顺的小孩，昼夜之间将我的心疼干了。我徒握两手虚空，看着父亲轻轻地睡熟了。我知道，在这一站，他从此停住了，而时光的洪流仍将从容不迫，湍湍不息地将我涌向远方。一时间，巨大的遗憾和悲伤排山倒海，让我深悔而无补。——我还从没有好好与父亲深谈过一次，还从没有和父亲开怀地大笑过一次，还没能以女儿的贴心彻底消融父女间的羞涩和拘谨……我总是忙啊忙，还没有来得及好好搀扶着父亲享受过哪怕一小段温暖而缓慢的时光……我什么都还没有准备好，这场永恒的阻隔便骤然横亘在了我的面前。

他走不动了，在生命的征途中，我不得不永远把他留在这里。从此，渐行渐远，天各一方！

“人生天地之间，若白驹过隙，忽然而已”—— 忽然而已！我失声痛哭。

2

父亲在世的时候，我总是仰视着他不可违抗的庄严的神情，敬畏着他，躲避着他。如今，父亲去了，呼啸而过的岁月舒缓流转，给了我大量的悲伤和愧悔的时机，那些年内心积郁的泪水、委屈，在平静的容颜下汹涌。

父亲入土之后，我很少讲话，也很少流泪。工作日，轻轻做事，暖暖微笑，默默行路。休息日，或于寂静的夜里，点开《大宅门》，听胡晓晴苍凉而幽远的声音似一声裂帛，划开夜幕，让情绪恣意漫进无边的黑暗……或在如酒的黄昏里，静静面窗而坐，让黑暗一点一点将身形淹没，再一点一点被晨光洗出来，任由光阴在心灵的世界里汩汩流转，将所有生活的场景和细节一一回放……平静地做着那些看来毫无主题的事情，放纵自己的内心于悲伤中一再陷落。

黄昏，斜阳如酒，我在厨房里淘米做饭，想起父亲。父亲最痛恨饭里吃出沙子，每每必怒目投箸，雷霆大作。最奇怪的是，每次饭里即使只有一粒沙子，也会被父亲吃了去。小时候我们一桌围坐，大家静默无声，低头吃饭，我总是紧张地支棱着耳朵，只要听到“咯吱”一声，总是条件反射似的揽罪上身：“米是我淘的！”父亲便会顿一下，愤怒之色稍减，虽然仍旧恨恨的，但不会再发作。只是那时，我没有意识到，这是在仰仗父亲对我的偏爱。成家之后，每次淘米做饭，父亲的样子总是那样自然地浮现在我的意识里，我也总是习惯性地将米淘了又淘，拣了又拣。

一天，快客进了站，下了车，秋天清亮的晨阳亲昵地扑满全身。习惯性地将自己喝粥留下的杯子提下来，顺手扔进了站内的垃圾桶。一辆往返于宁连之间的快客上，一位中年男子当门站着。他竖起大拇指朗声向我说："还是你好！如果每个乘客都像你这样那就好了！"他赞赏的神情和善意及闪亮的笑容让我愉快而羞涩。淡淡笑了一下，轻轻点头致意，匆匆走开了。其实，每天早晨我都会重复这个相同的动作。每每离开一个地方，我总会本能地将它清理干净。这是从我懂事的时候起，父亲一点一点教给我的。他总是一脸严肃地说，一个人走到哪里，要把自己的教养带到哪里，尤其是一个女孩子。父亲的示范和教育，让我从来觉得，一切本该如此。

每个夜晚，我必在灯下翻闲书，写日记，以此迎来每一个心无挂碍的安眠。那一晚，读张爱玲，偶逢一句："你问我爱你值不值得，其实你应该知道，爱就是不问值不值得。"立时手心冒汗——怎么可以！我确信，如果这话不幸被父亲读到，他一定会如同溽暑饮了冰水，意识一下十二分清明，果断拉我做替身，瞬间集结所有的人生经验，罗列一长串佐证，郑重说理三小时。在我很小的时候，父亲便一再地教育我："世上没有无缘无故的爱，也没有无缘无故的恨"，凡事须理智，慎思而后慎行。那时，每每垂手而立，低眉顺眼，一副恭听的姿势，心，却叛逆地翱翔于万里长空，似乎只有这样方可抵消父亲对我内心那些小得意小任性的冷酷斩杀。在他的威压面前，我最擅长的便是不动声色地鄙夷和腹诽：世故！

尽管我无数次对他的教导嗤之以鼻、顽固抵抗，但却终究经不起他日积月累滴水穿石的打磨与渗透：凡事总要不自觉地问上三遍"为什么？”总要给万事的发生发展找出一个恰当的理由，近于强迫地从繁花似锦中拎出万物生长的根源。因此一路熄灭了我许许多多的幻梦，遏止了我许许多多的冲动，让我的人生少了许多“犯二”的率性与快意，也因此丧失了许多天真的乐趣与亲历的深刻……这，常常令我欣慰不已，又沮丧不已。

我有点累了，总也逃不开父亲的影子。深秋，我索性什么也不想，只恹恹地立于窗前看雨。朋友问我：“梅子，有没有人告诉过你，你坐有坐相，站有站相，特别优雅？”我默然无语，想起从小被父亲无数次提醒和教训的情景。父亲的眼睛仿佛无处不在，以致我在空荡无人的屋子里也不敢有丝毫侥幸，坐卧立行，循规蹈矩，片刻不敢懈怠。随着岁月的流逝，父亲管教于我的一切早已存在于浑然无觉之中。

朋友还说，女儿是父亲前世的情人，隔世相逢，依然会循着自己的理想，把女儿塑造成自己理想中的女人。

的确。连母亲也说，四个孩子中，我的脾性最像父亲。

听了朋友的话，我在心里轻轻叹息，父亲，你成功了。

许多年来，我怨恨着你的强硬和苛责，倔强地踢腾，用心地变换姿势，矫正步伐，想要摆脱你的“阴影”，可是一迈步，我依然走成了你的样子。

今天，我终于恍然大悟，生命中，你早已无处不在。

——我一边怨着你，一边成了你。

3

十一小长假，我陪母亲聊天。母亲领我去童年生活过的地方走走。那里已经完全变了样儿了。

母亲以新的小学校址为参照，指给我老家旧居的位置。我不禁安静地笑了。幼年搬家的时候我还没有读小学，那时我觉得仿佛从一个村庄搬到了另一个村庄，“过去”一夜之间遥不可及。一切都是陌生的，以致我一两年内都没有玩伴儿（不过，说实在的，在父亲的管束下，我很少走出院门儿，似乎一生也没有找到一个亲密无间的玩伴儿。以后的岁月里，始终喜欢一种适可而止的距离，我总以为都是那时落下的病根儿，耿耿于怀）。今天才明白，其实新家和旧家不过几百米的距离。

在我的印象里，家的南边有一片菜园，围满枯朽而温暖的篱笆，给人一种朴素的年代感。在园子东北的不远处有一口老水井。通往菜园和水井的是一条黄泥路，路边长满野草，春夏季节零星地开着各种野花。父亲常常一大早去那口老井挑水，一缸水挑满，父亲的裤脚便是湿漉漉的了。那时，我特别羡慕赵大家的狼狗，父亲挑水洗菜或是浇园的时候，它总是跟来跟去。母亲和我们兄妹，包括我的叔叔们，见到父亲都毕恭毕敬大气儿不敢出，只有赵大家的狗可以对着父亲肆无忌惮地撒欢儿。

妈妈问我，还记不记得左右的邻居？小佐你还记得？二玉呢？你小时候他们最喜欢逗你了。我迟钝地摇摇头，周围的一切都记不得了。只有那座老屋，那片园子，那条土路，在飞逝的光阴中，一直如同一座虚幻而美丽的乌托邦，无处生根，无处降落，找不到来龙去脉，就那样清晰而孤立地悬浮在我童年的记忆里。苍翠的园子，顶着露珠的花草，欢乐而自由的狗，还有父亲挑水的青葱的身影，永远如同黎明一样清新、生动，任凭一切漠漠于疾驰的岁月中老去，依然从容不迫地明亮在一颗寻找阳光的心灵里。

4

眉月一弯夜三更，

画屏深处宝鸭篆烟青。

唧唧唧唧，唧唧唧唧，

秋虫绕砌鸣。

小簟凉多睡味清。

今夜，我躺在母亲的身边。石英钟的秒针踮着脚尖，一寸一寸分割着我长夜的追忆。一只蛐蛐儿在窗下清唱。那么近，仿佛就在我枕边，或者躲在我衣袂的皱褶间。一声，一声，冷静而悠闲，足以唤醒夜的浓黑，驱净所有的睡意。在这样的夜里，李叔同的《秋夜》油然应境展开于心际。

我本以为，在"解放"的轻松与自由里，我会很快淡化父亲离去带来的悲痛和不适。事实却并非如此。每每片刻的闲暇，那些散去的日子总会无孔不入，弥合心灵所有的罅隙……忘却了父亲的种种严厉，总是想起他临终握着我的手，那副虚弱而乖顺的样子；想起他默默扛起生活的艰辛，给予我他所能给予的长远的爱；想起我俯身于他的面前，轻轻叫一声爸，他已不能说话，只会吃力地睁开眼睛，努力对我点点头……

我确信，父亲真的走远了，永远消失在我的生命里。父亲确也是回来了，循着我的记忆和思念，日夜兼程，寸寸回到了我心的最暖，最软处。

你近时，那样远。你远了，却那样近。

爸爸，我爱你。生前，我从没有对你说出口，如今再也没有机会了。

这，实在是太残酷了。

5

百花凋零，万木萧疏。

我孤独地伫立在奔流不息的岁月里。

我不想哭，却泪如泉涌。

我不想悲伤，却振作不起来。

2013 年深秋 于晶都

聪明的男人啥样子？

小时候，在父母亲眼里我就是个没大用的小孩。

晒个太阳就浑身出红点点，随大人下趟田就生病发烧，就连被派去邻家借个家常用具，也是徘徊再三空手而归，所以只能被留在院子里摘摘菜扫扫地喂喂小鸡。

上学之后，我听到最多的，就是父亲蹙紧双眉深忧而又无奈的叹息："像你这样，要是不好好读书，将来谁养着你！"仿佛我眼瞅着就要陷入饥荒流落街头了。这话听多了，便常常会愤懑地在心里咬牙切齿：这辈子誓死不要人养。

但后来，还是有个男人不嫌我，拼死拼活非要养我。尽管那时我已经有足够的能力养自己了，但一句"我养你吧！"在一个女人听来仍然无比受用。尤其是他低头看我，满面春阳的样子让我沦陷。

我说，我笨。

他说，没事，我聪明。

我说，我脾气差。

他说，我让你。

我说，我身体不结实。

他说，又不用你吃苦。

我说，我做饭不好吃。

他说，煮熟总不成问题吧？

…………

那好吧。终于我说。于是从此成全了他的庇护欲：拿着工资，带着孩子，做着家务，假装被他养了起来。

后来，我常常像张纸，被他楼上楼下捧着，在家和医院之间奔走。

后来，他常常被我气得两眼发直，手按在胸口上，像狗狗吞了热汤圆。

我说，亏大了吧。

他说，愿赌服输。

一次，他对我扬起手，还没有落下来，我就冲上去又哭又打，语不成声：你居然打我，你还说一辈子都不会打我，你还说你一辈子都让着我，还不是打了……他张着两手，可怜兮兮地辩解：我没有啊，我不是没落下去吗……我哭得更凶了，你抬手还不是想打？想打就是在心里打了，在心里打也是打……于是，从那天起，就担下了“打老婆”的罪名。

一次，我在客车上遭了扒手。各种卡，各种证，连同两千多元现金，全军覆没。银行卡上还有新收的十几万元的全市课题评审费。我想，这下子准完了。心里慌慌的，进了家门就号啕大哭。他问明情况，百般安慰。可我还是放心不下，大哭不止。他终于着急败坏地央求：别哭啦，我赔给你还不行？你一哭简直就是要我的命……仿佛他就是那个扒我钱包的贼。

春节前一个晚上，他看电视，我在电脑上敲字。中途，我试探地说，大哥，弄个水果来吃吃？——外面实在太冷了。没想到，他竟然真的穿了衣服削了只苹果来。我端着盘子吃苹果，他继续看一个民俗节目。一撩眼，看到电视里正在剥猪皮，立时触电一样把头偏向一边，浑身异常不适。从小就害怕杀鸡杀鱼，长大之后，对杀人放火残害妇幼严刑拷打共产党员诸如此类的残忍场景从来不敢看，听都不能，连想一想都要抓狂。我大喊，快换台！他说你不看就是了呗。我失控地抓起手边的遥控器就扔了出去，啪的一声，液晶屏上立时绽开了一朵菊花。我端着水果盘儿，傻了。——真的像做梦。屏幕上的猪没了，随着"花开"我也一下子清醒了回来。那个养我的人，一声不响，愣愣地坐了有三分钟，默默脱衣躺下了。我手里还端着他削给我的水果。内疚之余，还非常心疼，去年刚换的电视机，就那么一甩手，几千块就没了。一夜在心里检讨，没有睡好。第二天早早起床，悄悄打开电视机，看到屏幕上新添了许许多多的横纹，细细密密地横穿过"菊花"，上下足有十几厘米宽。毫无疑问，是不能看了。以前都是我俩一起下楼散步吃早餐，但是那个早晨，我殷勤地出去买回了豆浆油条。他起床看到早餐，没事人一样洗脸开吃。我坐在一边看吃，一边小声问他："大哥，电视屏幕还能修好吗？"他眼皮没抬地说，修不好，换一个呗。"废话，不费钱吗？"我一下子又来劲了，仿佛砸坏电视的人是他，而不是我。

数不胜数的霸道啊。

天地良心，我真的没想欺负他，可是不知道为啥，结果就成了那些个样子。

一直是个情商很低的人，不通人情世故，不懂眉高眼低。有时双手托腮，一副发愁的样子：大哥，也许哪天就没有工作了，怎么办？他总是英雄一样，一拍胸脯说：不怕，我养你，大哥我永远是你的退路。虽然我知道，除了自己，谁也成不了你人生最永久最可靠的退路，可每次听了这话，还是热泪盈眶地靠过去，温顺地搂紧他的胳膊。

今天三八节，我埋头编发完一天的稿件，提前一小时下班，从市区跑回晶都。翻遍电脑里的阅读收藏，找到一个句子送给他看：来，读读——聪明的男人会把他的女人宠得无法无天，让别的男人都受不了她的臭脾气；愚蠢的男人会用他的臭脾气把他的女人变得见到任何一个献殷勤的男人都觉得相见恨晚。——大哥，你是个聪明的男人呢！今晚，你请我吃饭吧，算是嘉奖！他一愣：乱说，你请我吃饭，才算嘉奖。我一本正经地对他说：

当然是你请我啦。如果下辈子还有个女人像我这样，愿意让你养着，你一定要记得谢谢她——谢谢她牺牲了独立的姿势，成全了你英雄的梦想；谢谢她用弱小和依恋，衬托了你高山的威仪！

2016 年 3 月 8 日

让好，遇见好

这一年，南京的房子一天一个价。虽然不至于像上海那样，需要夜里裹着被子去排队抢购，但儿子还是不够好运地错失了两次开盘摇号的机会。眼看着飞涨的房价，实在等不起，加上小女友贝贝读研就快毕业，业已确定了上班的单位，于是儿子改变了策略，在贝贝单位不远的小区里物色了一套二手房。今天，相约一起过来签合约。

在“链家”的接待室里，梅子见到了那对房主。

男主人大约五十出头，浅竹青色暗格纯棉 T 恤，皮肤白皙，身材魁伟，气质儒雅，言语温和坚定，花白的头发已经谢顶了。梅子不知道他的职业，直觉像是一位大学文学系教师。女主人一米六左右，脑后简单而自然地盘了一个发髻。清瘦，很干净。看你时，眼神就像是三月的阳光照过来，暖意直送到心底。梅子感觉，这应该是一位儿科医生，或者是位中药房的药剂师。

今天，两位中年女主人的服饰特别个性，又存在着一种巧合的共性与投契。女房主是咖色系：浅咖的针织内衣和真丝长裙，搭深咖外套和平底鞋；梅子是白色系：纯白的轻中式长裙，搭米白的长款针织开衫和平底鞋。目光相遇的瞬间，彼此油然生出好感，甚至禁不住坦率地递出了赞赏。就这样，奇妙而顺利地开启了一场惬意无隔的交流。

梅子与先生、孩子们一起站起来。彼此微笑，点头致意，然后一同落座。

中介拿来三份合同书，梅子夫妇，房主夫妇，孩子们，两两一份，静静阅读。

很快，梅子的先生与男房主简单而准确地向链家指出了合同中的不妥之处，并站在维护双方利益的立场上提出了修改意见和附加条款。临了，男房主对中介说："请在附加条款中标注一下，冰箱和那台大的洗衣机留给孩子们吧。"儿子和贝贝立刻起身向叔叔道谢："谢谢叔叔，那我们就不用再添置了，又省了好多呢！"看着一双小儿女，梅子心里满是感动和欢喜，她知道孩子们早有自己的打谱了，但他们依然这样自然而真诚地致谢房主的善意，这，让梅子内心无比的温软和欣慰。

孩子们和中介去另一个房间修改合同书去了，四个中年人对面坐着，慢慢闲聊。原来，房主夫妇的女儿在上海工作，已经有了一个四岁的孩子，他们卖了这一处房子是为了支持女儿在上海换房。女房主对着梅子轻轻赞叹："你结婚很早吧，好有福气哦，你儿子很帅气，像你；又有出息；你的准媳妇也很漂亮，听说是学美术的，多有气质，也很有涵养……"她一边说着，眼睛里不自觉流露出一位母亲爱孩子的本能和天性，那样温暖和亲切。梅子幸福地倾听着，微笑着，不时道声"谢谢"。

合同修改好了，中介和孩子们拿着合同书回到接待室。中介说，叔叔阿姨，可以签字了。两位先生各自执笔，相对一笑，爽快地说："好了，那就签吧！"最后需要按个手印儿，女房主端过印泥盒，打开，递到她先生面前，然后笑着竖起大拇指，和声细语又不无自豪地说："我家叔叔是最棒的！"说着，又从旁边的纸巾盒里抽出一片纸巾，递过去说："来来，叔叔揩揩手！"接待室里每个人都被女主人的美好与可爱感染了，忍不住舒展了愉快的笑容。

接着一起去银行签好了贷款。一切手续办理妥帖，儿子和贝贝随中介去复印各种证件，备份待用，梅子与先生随女房主去看看房子。

梅子和先生套好无尘鞋套，女房主打开房门，伸开手臂做了一个请的姿势，说："两位家长请进，请随便看！"房子的设计非常合理，公摊面积很小，采光也非常充足，前后通透，144 平方米的房子超出预想地宽敞。家里四处简单而整洁，十年的房子，地板依然养护得非常好。女房主是个随和而热情的人，她引着梅子四处参观，并不停地和梅子聊天。走到客厅朝南的一个窗口，她拉梅子探身向楼下看："你看，如果孩子们回家来，你站在这里就可以就看到了。很多人来看我的房子，但是最终我还是决定卖给你儿子了，你知道为什么吗？"梅子有些意外又有些好奇地摇摇头。"那里有只垃圾桶，你看见了吗？"她说。梅子点点头。"你儿子和小女友来我家看过几趟房子，就觉得两个孩子特别懂事、特别有礼数，心里很喜欢。有一次两个孩子下楼了，我就趴在这窗口看。你儿子到了楼下，把用过的鞋套扔进垃圾桶，低头看到桶外还有两包垃圾，就顺手拾起来也扔进去了。看着两个孩子手牵手走远了，我太感动了，就没再让别人来看房子了……"梅子听着，谦和地笑了，心里涌满幸福和感激。

回来的路上，一家人谈起这对夫妇，都感慨不已。梅子说，一个人良好的习惯和教养会自然而然地流露在待人处世的每一个细节，甚至安静地坐在那里，那种和善的神情与舒泰的姿势也会写满他 / 她精神世界里的好。尽管梅子和家人们都没有见过他们的女儿，但看着这对父母亲，已经不难构想出一个优秀女孩子的模样了。祝福孩子。

爱默生在《精神法则》中说，一个人就是一种方法、一种进步安排、一种选择原则，使他无论走到哪里都能收集到与他相似的事物。在阅读理解中，梅子直接在“事物”前面添加了一个“人”字，其实人与人的相遇与彼此吸引同样遵循了这样的法则。——你是谁，就会遇见谁。

默默修行，让自己成为一个好的人。

然后，让好，遇见好。

2016 年 5 月 12 日

心在最好处，人在最好处

我需要一处过渡房，预计租住解决。

于是，在一段时间内，工作之余就是看房。

尽管之前下了很大的决心，做了充分的思想准备，但先生带着我一家一家地看过来，仍然是各种不适，各种难过。

您能把客厅打上踢脚线吗？

您能帮我换成浅色的窗帘吗？

我不需要的东西您可以挪走吗？

地板可以换成一色的吗？

…………

回应我各种请求的，是房主们各种笑。我沮丧得连表情都省略了。一直以来，我对环境的要求只有三个字：素，简，净。如果一定要有所交换，我愿意穿得差一点，吃得少一点。

先生见我可怜的样子，终究不忍，还是断然回头买了房。虽然小了些，但总算能以“我”的方式刷新重构。在那段辗转折磨的日子里，我不能不无数次地想起她，脑海里一次次浮出她轻快的身影，平和的笑容。

那年秋天，我和她一起以“外来户”身份加入了一所城区小学。开学例会上，我知道了她的名字：甄真（抑或是“甄贞”吧，反正我都有点喜欢）。会后，大家各自领了课务和备课用品，找到了自己的办公室。巧合的是，我和她带同轨班。她随意落座于一个空的办公桌，把书本放进中间的抽屉，就匆匆离开了。不多时，进来一位老教师，连我这么拙的眼都看得出，这是位地主。她每张桌子翻了翻抽屉，旁若无人地将那位“外来户”的书本取出来，反身随手抛在了最破最旧的那张桌子上。那摞教科书、教参、备课本儿、业务学习笔记、班主任工作手册……一顺溜儿地以泼出去的姿态“定格”在了落满尘埃的桌面上。就此，我在最上一本封面上确认了她的名字：甄真。

那张桌子几乎不能称为桌子，充其量也就是一个架子。只有正中一个抽屉是有抽斗的，两边都是空的，还有一些铁钉跋扈地刺出锋利的尖儿，随时准备教训一下某部分不善躲避、不懂敬畏的肢体。

不禁暗忖，如果不在场的人是我，也许被泼出去的书本就该是我的了吧？甄真回来看到这一幕会有怎样的反应？还没有回过神儿来，甄真手里拿着一块抹布就回来了。她看了看自己先前位子上的人和那些泼出去的书本，微微愣了一下，很快地，她放松了表情，低眉微微笑了笑。大大方方收拢了书本，开始轻快地麻利地擦拭起那张破旧的桌子，然后什么也没有说，就坐下了，开始了她新的工作地的第一天备课。

第二天，甄珍从家里带来了一只小铁锤和一卷儿黑胶布。大课间时，只见她叮叮当当，细细敲平了那些锋利的钉尖儿，又干净利落地将那些危险处裹上黑胶布，像妈妈接纳自己长得不好看的孩子，接纳了这张桌子。那神情，笃定安和。

我们的办公桌是贴墙放置的，公共空间在身后。每个人每天的状态就是低头看字，抬头面壁。谁想聊天，必须转过身对着公共空间招呼一声。说实在的，我挺喜欢这格局，可以节约表情，避免许多无谓的寒暄和打扰。

我和甄真是邻桌。我贴西墙，她贴南墙，空出的墙角里是一方洗手池。我一偏头就能看见甄真的侧影。

自此，我可以常常在工作小憩的当儿悄悄旁观这位温驯的“外来户”。我从没有听她咆哮过，好像她从来就不会生气。她总是浅浅笑着（尽管更多时候，我看不见她的脸，可是不知道为什么，透过她的侧影，甚至背影，都能感觉到氤氲在她眉眼之间笑意），安静地备课，看书，或者双手悬在键盘上，嘀嘀嗒嗒不停地奔走。有时，她也会把孩子带到办公室来“吃小灶”。孩子起初都是站在她身边的，每每总是不知什么时候就被半揽进了怀里。大人儿挨着小人儿，大脑袋挨着小脑袋，偎在那张破桌子上，指指点点，窃窃私语。或范写，或轻声领读，偶尔地，大脑袋和小脑袋会转动一下，调皮地皱皱鼻子，相视偷偷一笑……一次次，我暗自为这样的场景深深动容。有时，坐在一旁，看着看着，竟会微笑着眼睛湿润起来。

不知道从哪一天起，我开始喜欢上那个轻盈娴雅的背影，甚至连那张破桌子也开始散发出温柔的光辉。

有时，对着她清秀美好的侧影，我会忍不住浮想联翩。透过她平静安和的微笑，我能看到她心里的快乐，像静默而澈冽的涌泉，像无声开放的花朵。和孩子在一起，她就是一个纯净的孩子。

时间，对于一个班主任而言，怎一个“白驹过隙”了得！

三年，飞快地过了。

三年里，甄真的笑，甄真的爱，甄真的气息，渗进了孩子们的血液里。

三年里，常有写着甄真名字的样刊和稿费单，纷纷飞落在那张破旧的桌子上。

三年里，我也像那些孩子深深迷上了甄真，一并爱上了她那张四处裹着黑胶布的破桌子。

有一天，扔她书本的那位老师颇有悔意地对她说，甄真，我不知道你原来这么好。甄真听了，又是低眉微微笑了一下，就像当年面对那些散落在桌面上的书本。

彼时，她没有因之而更远。此时，她也没有因之而更近。

彼时，是一种大度的包容。此时，是一种礼貌的疏离。

其实这三年里，也偶有人说起，那位老师在生活中曾受到过一些伤害，排斥外来者大约是出于自我保护。但我从来相信，一个本性善良的人，无论受到命运怎样不公的待遇，也绝不会忍心假任何名义心安理得地去伤害无辜。我知道，有些人终究不会站成一列。

那一刻，甄真的微笑让我的心底里感受到一种安定、温暖和力量。我喜欢这态度。

自此，我信了，世上有一种女人，她们温蔼谦逊，也风骨峭峻；她们优容随和，又清淡疏离。即便抛身于简陋的环境，依然不失云的从容，棉的温暖，兰的幽雅。任何时候，任何条件下，她们都会不折不扣、不屈不挠活成心中的自己。

第五年，我离开了那里。甄真悄悄请我喝茶，为我送行。

絮语间，提及往事，她微笑着红了一下眼圈儿，瞬间又恢复了淡然。她说，其实，我对环境是很有要求的，我能容忍旧，但不能容忍破；我能容忍空间小，但不能容忍脏和乱。于我而言，视觉上的折磨不亚于精神上的虐待。但很多时候，我们往往无法选择现实环境，值得安慰的是，我们可以保持内心的干净。

肃然起敬，也不禁心疼。我总多情地以为，世间所有晴和平静的背后，一定都曾奋力平息过一浪一浪的“惊涛拍岸”，一定都曾独自跋涉过一场一场的“风雨如晦”，一定都曾独自倚听过一宿一宿的“潮打空城”……那些善感柔软的灵魂，面对各种粗暴与“玄机”的挑战，总会显得异常的无能和笨拙，他们不会应对，能做的，只是以人的尊严和真诚去拷问对方的良知——如果良知尚存。我也忽然漫漫联想到，为什么一个怀揣内伤的人常常微笑不语，因为除了了悟之后的退守，一个微笑、一个细小的声音都可能牵动深处的疼痛。

穿过袅袅茶香，凝视她温雅沉静的面容，多么希望有一天我也可以修炼至此：可以如同掸落尘埃一样，轻轻掸落生活中那些有意无意的伤害，无论在怎样的环境里，都能做一个优容静好的人。

那天，她送我一盆兰。临走时，她将兰捧到我手上，像是嘱咐花，又像是嘱咐我，更像是自言自语：“物竞天择，适者生存。愿持本心，自生自灭。”

盘腿打坐在属于自己的地板上，我想着她，想着自己这些年来关于环境的思考与调适。时间过得真快啊，转眼又是十几年过去了。这些年来，深居简出，一直活在自己的世界里，早已没有了她的消息。但我并不担心，因为我知道，不论她在怎样的环境里，都能活得很安定，很有尊严，因为她的内心是干净的，是柔韧而美好的。

此刻，以我今时对环境的要求，体味她当年坐拥破桌的心情，相惜之余，更多的是敬重。如果有一天我们还能相逢，我一定要告诉她，五年的共处，她曾给过我怎样的教化。

2018 年 3 月 12 日

花已开满，你会来吗？

“花”为媒，我们遇见在五月。

此处的“花”，当然不是玫瑰百合，也不是马蹄莲勿忘我，而是一个微信公众号——花边阅读。因为共同关注了那里的文字，我们像两条快乐的鱼，不期然地游进了同一片水域。

初“见”的我们，有点羞涩，有点拘谨，却终是掩不住相遇的欢喜，一转眼，我们便开始以六岁的姿态，摇摇头，摆摆尾，欢快地拍击出细小的波纹，传达着彼此内心的友好和快意。

互联网是多么神奇：我们一个生活在苏北温润的海滨小城，一个生活在庄严繁华的帝都北京，迢遥千里，却又近在咫尺。

我从没有见过她。

我对她的样貌的所有想象，均来自一张黑白照片和她讲话的声音。

在姜昆老师的文集中读到《女儿姜珊》，文中配有一张黑白照片。照片中的她，白衬衫，深色背带裙，看起来十二三岁，明眸皓齿，黑发如瀑，笑靥甜美皎洁。那是她在澳大利亚留学时的样子。轻轻翻开的一刹，心，如在春雨中惊蛰，在倏然漫开的喜悦里温柔地动了一下。记得姜昆老师在回忆 1984 年春晚的文字里曾提到“五岁的女儿”，据此，穿越时光的隧道，我将这张照片进行了延时“智能”推理。

我一直以为，人的声音也是有气质的。她的声音是圆的，暖的，淳厚绵柔，带着磁性，闪着温润的光泽。每次听她的声音，眼前都会自然而然地浮出一张线条柔和的面容，眼睛里盈着深的喜悦，浅的笑意……听着听着，心里便涌满亲切和温暖。一次，她走在北京呼啸的风里和我说话，一时间，神思恍惚，具体说了些什么，我的心力竟散了光似的，什么也无从捕捉，眼前全是她长发飞扬衣袂飘举的样子。20多年来，从功利的社会自学考试转入怡养心性的文学阅读，一直如痴如醉地泡在文字里，几乎不看电影电视，就那样浑然无觉地错过了音像世界里的一切精彩与辉煌。所以，那一刻我并不知道她会唱歌，只觉得顺着脉冲传递过来的声音别样地深而幽美，带着一种不可言说的魔力。每每，她轻呼一声“梅子老师……”我就忍不住有点甜，有点醉。

对她心性的了解，最初来自姜昆老师的文字。《女儿姜珊》一文如行云流水，自然、饱满而又深情的笔触里，毕现一个才情初绽、痴迷音乐、热心热肠的女孩子。小小年纪，便成绩斐然，特有自己的想法了。读着一位父亲的拳拳爱女之心，禁不住各种热泪盈眶。各种好，让人欢喜和心疼。但最能触动我的还是她的“宅”：“她一天到晚老在家里泡着，骂着赶着都不带出屋的。在屋里，她坐在地毯上，面对着音乐，戴上耳机，一坐就是四个钟头。”就像走在大街上，特别抢眼的，总是与自己同款的衣裙，与自己同款的发型，在阅读中，最能“相见欢”的，便是“同款”的性情了。读这句子，心一下子近了。一直偏爱那些安于深宅独处的人，总固执地以为这样的人特别有长性，特别容易执着，对整个世界的感知也特别容易切近和深入。他们的内心往往别有洞天，秘密拥有着一片可以陶然沉醉甚至痴迷忘我的精神领地。

当然，这些都是来自间接的感知。人与人真正的懂得与相惜终归是在平凡而琐碎的交往中彼此渗透、滋育与不断深化的。

在文字里安静地关注着她，看她国内国外飞来飞去。向来少言，又知道她忙，所以尽管记挂着，却从不轻易打扰。但她每逢节假日总不忘给淹没在世间普普通通一隅里的普普通通的我递来祝福，一份自然与真诚，总能瞬间消弭时空的阻隔，把温馨和愉快如同四月新茶的芬芳，袅袅送抵我的心头。读了我的文字，她总会毫不吝啬给我鼓励和赞赏。她的自我低置与谦卑每每让我感动。依稀想起一次外出培训，主讲教授博学多才，谦逊温蔼，给我留下了很美好的印象。会议结束后，主持人与主讲教授悄声聊着天："……对他们，您用不着这么谦卑……"不经意飘进耳朵的一句话让我耿耿于怀了很久，也让我习惯性陷入一种"思辨"：谦卑，本是一种品质，一种胸怀，一种习惯。当它以一个人的本色自然流露，便是一种美德；而当它的呈现与否可以依据对象随机选择，便沦为一种虚伪。正是对一个普通人的真诚谦卑，让我遥望和敬重着对面这个女孩子的优秀与教养。

去年年底的一天，短聊中她说："我最近在看《蒋勋细说红楼梦》，非常着迷，也受益匪浅，与您小分享一下。"那时我恰好也在重温 1987 年版的《红楼梦》，一种经典里的不谋而合、不期而遇，让我们愉快。

过了大约一周，她在朋友圈里分享了一篇公众号推送文，其实之前我在朋友的推荐下也关注了这个号。把她分享的文章从头至尾细细读了一遍。文章列举了《蒋勋细说红楼梦》和《蒋勋说唐诗》中的一些"硬伤"，语言极尽刻薄与嘲讽。但狠狠击中我内心的，不是那些刀子一样投出来的锋利词句，而是姜珊文前的一段导读语——

我是蒋勋的红楼迷，超爱！我不是在听他讲红楼梦这本书，而是透过红楼梦的故事在学习他的思维，人生感悟，以及对人性的悲悯和包容。至于喜欢学习的人，应该去读红楼梦或是诗词原著。文学学习这件事不是听别人讲讲你就能不用去读了。跟蒋勋学习的是一种解读方法而已，但文学自身的美要你自己去发掘。

原文下各种呼应，所多的无非两种读者：一种是没读蒋勋就相信评论的；一种是读完蒋勋信蒋勋、读完评论蒋勋又转而信评论的。在一片呼应声里，姜珊坦荡荡地站在自己的立场。在我眼里，一个好的读者一定像蜜蜂，采遍百花的精华，酿出自己最甜美的蜜——建构起自己的精神世界，有自己的判断、立场，有自己的方法、方向，在阅读中不断修行，不断靠近那个最好的自己。当然，文学不是不需要批评。无论是沙里淘金式的赏识和鼓励，还是米里淘砂式的挑剔与指摘，最基本的前提应该是善意和真诚。我以为最好的批评，是孔子式的“温而厉”。其实，评论的方式和阅读的方式一样，足以见出一个人的智慧与胸怀。一个虚怀若谷、善于学习的人，不论在阅读中还是生活中，不论在顺境中还是逆境中，总能随时随地无死角地找到受益的途径。这段导读语呈现给我的，是一颗成熟慈悲的心，和一种有棱角的善良。

慢慢地，她在我心里生根发芽。

这个五一小长假，分出了两天在山东野餐、听潮、登山，行走的途中，一再地想起她。人到中年，最不经过的便是这正好的时光。去年五月我们相逢，今时，花又开满，春日将尽。感慨之余，发去简短的问候。正随《姜昆“说”相声》在德国巡演的她给我发来现场盛况的报道，并知会接下来的行程。翻遍相关的两个公众号过往的每一篇文章，都没能在任何一张图片里发现一个疑似她的影子。多好，就爱这样的她——身在热闹之中，一颗充盈而喜悦的心，却欣然退守于静谧的花荫深处。于我而言，她的分量她的美，恰恰在于她的沉潜与退守。

想象她一路行走的样子，越发喜欢与敬重。

许多年来，面对伤害总是束手无策。因为我不会伤害，也从不忍心伤害。但与生俱来，我拥有了母亲传递给我的保护的欲望和本能，并盲目地认定，对一个人最好的爱护和珍惜，就是把她秘密地包在心里。依照常情，我本会为她留下很多文字，但我还是更愿意把更多的情义酒一样窖藏在漫漫时光里。

年初她说，这一年可能会来港城。太清楚自己多么羞于见人，但我依然期待她在我的城市里出现。哪怕那一天我正忙得像只陀螺，哪怕那一天她就在我眼前，我却没有勇气走上去轻轻拥抱她一下……可我一样会感觉到那一天不同于之外的每一天：风里夹着甜，花开都是笑，云卷云舒，也会格外悠然……

2017 年 5 月 3 日

美人的秋天，也是美的

这家咖啡店的每一条过道都特别的狭长幽深，墙壁似乎也特别坚固厚重，每个雅间仿佛都可以隔出一个安谧而又彼此遥不可及的世界。

上了二楼，吧台前方的大厅里，一位钢琴手像一杯纯正的黑咖啡，很稳重，很文化地端坐着，臬臬地，在专注地演奏。琴声清荡轻柔，诗意而舒放，是烂熟的保罗·塞内维尔的《水边的阿狄丽娜》。

这是她选的地方。我以为这辈子我们都不会再相见。其实，我与她的生命之间几乎没有交集，她也算不得我的朋友。充其量，我们就是大田里两株普通的小花，风起时，我曾对她微微点头致意过。

咖啡厅内的灯光，总有一种独特的暖意与欲语还休的期待。

咖啡桌上，钵状的玻璃缸内，浮着一只小小的鼓形杯，杯子内静静燃着一截矮矮的红蜡烛。她就坐在我对面的烛光里。微微笑着，垂眉轻啜着咖啡。白色棉布背心长裙，外面罩一件白色泡泡纱中式对襟中袖长衫，小立领下，密密排列五粒盘扣，左胸是一枝手工绘制的水墨芙蓉，三两朵，漫过门襟中线染向右下。清新，淡雅，婉媚。在红烛暗影里，已知天命的她依然散发着少女般圣洁的光辉。

所有的元素，包括这个人，无所谓时尚，无所谓落伍，只以一种古意、典雅与安详，自然归于了永恒。

她依然还是那么美，或者更确切地说，应该是美好。

二十年前，她年华正好，才貌俱佳，郎君如意，生活甘美，完满得连上天也免不了生出一丝艳羡。可就在那年冬天，她的丈夫因为经济案件锒铛入狱，她的境遇也是昼夜之间天上地下。我不能判定是世态炎凉，还是那个时代的人更为黑白分明立场坚定，昔日曾经接受她诸多帮助和恩惠的“朋友”忽作猢狲散，仿佛那个“十恶不赦”的人是她，而不是她的丈夫。

她素来纯良自尊，勤勉无争，像只温暖的兔子。突如其来的变故让她短短数日形销骨立。每见她形只影单地走在校园里，走在别人的指指点点里，总是心生恻隐。做不了别的，只会在碰面时自然而平常地送去一个微笑、一声招呼，一小段并肩的行走。寒假开始前的那一天，她的脸色特别差，走路的样子有点打飘，见到我她疲惫地挤出一丝笑容。那天晚上，我总也睡不好，终于坐起来给她打了一个电话。她没有说话，只是山洪暴发一般，放声痛哭。

寒假之后，她孤单的身影便从我们的视野中彻底消失了。没有人知道她去了哪儿。

如今，这个人就坐在我眼前。我不知道该说点什么。这些年，你还好吧？你们……现实中的我，总是这样语无伦次。

她端着咖啡杯，脸上现出欣慰的笑容：“好。很好。我们还在一起。我相信，我是他这辈子最心爱的女人，为了让我过得好一些，他什么都愿意做。他只是一个偷了爸爸妈妈的钱为老师买香水的小孩。一心为了表达爱，却选择了错误的方式。”她看着我，喃喃自语，“老师怎么会因为这个错误的方式而拒绝孩子的爱并放弃对他的教育呢？不会。绝不会。他知道自己错了，也受了罚。我们现在仍然很相爱，在一个没有人认识我们的地方，开始新的生活。辛勤工作，默默幸福，踏踏实实过日子……”

她平和的眼神和语气让我内心颇为震动。这哪里像是在说自己的丈夫，分明是在说自己一个有点笨拙有点淘气的孩子；这哪里又像是在说生命中的一场劫难，分明是在怀念一段艰辛而又甜蜜的旅程。

适应和改变是一个痛苦而又幸福的过程。她说。天塌下来，你才会知道自己到底可以有多坚强。在没有任何援助的漫漫黑夜里，穿过百转千回，果断拿定了主张的那一刻，我彻底获得了精神的独立；当我背起行囊牵上女儿的手义无反顾地走向一个举目无亲的世界，我彻底获得了空间的自由。人生中，苦难只是阻隔于现在和未来之间的一个坎儿。这一边，万劫不复；那一边，鲜花盛开。迈过去，便是无疆的自由，那是我在过往无尽的关怀备至中永远也体会不到的幸福。迈过去，我心里就有底了。上天是个善于遗忘和原谅的老头儿，只要你足够努力，美好依然会纷纷登场……

听她呢喃着，我陷入了一种清醒的醉，在她的眼睛里我读到了一个别样高阔的世界。“内心有大深情的人，往往表面平静如水。她把一份孤意与深情简简单单地交给时光，日子久了，便活成了一副繁花不惊的模样。这样的人即使老去，也会特别美丽、特别平静、特别温柔，苍老而天真。”记不得这是谁的句子了，送给这一刻的她，恰如其分。我多想对她说，我懂，我懂的……可还是咽下了。不曾体味同样深刻的伤痛，哪里有资格说懂得。

我说，你真的很幸福。她笑了，很自足的样子。她说，我的确找到了值得用心珍惜的东西。但我来看你，不是为了炫耀幸福，只为当年在我最落魄的时候，还有你愿意对我笑，愿意和我走在一起。这些年我一直想来告诉你，也许你永远都不会明白，有时，一份看起来很微小的温暖，真的可以拯救一整个冰雪肆虐的冬天……

一时感动无语。哲学家弗兰西斯·培根在《论美》中说：“美人的秋天也是美的。”我信了。静静面对眼前的她，培根的美论在一个鲜活的佐证面前忽然如此丰满和深刻。岁月荡涤了青春与红颜，却同时暗暗馈赠了她另一种沉实、丰富和美好。她让我相信，幸福的内涵，绝不止于顺境中的一帆风顺，更在于逆境中的风雨兼程。在岁月无情而又深情的洗礼中，她成熟了，已然完成了从漂亮到美的升华。

我也深信，只有一个用心修行的美人，才会拥有一个美的秋天。

2016 年 6 月 23 日

生活是我的

最后一次见小成，大约是在 2009 春天，她来连参加一个教学研讨活动，我们在师专一附小的操场边喁喁唼唼，至今仍然记得当年笑意荡漾的场景。

一晃眼十几年又过了。今天在 QQ 上收到小成的消息，虽是暌违已久，却并不意外和陌生，终究是在文字里确认过的友人。

成说，她目前已进入离职状态，去年 12 月又搬回了最初居住的老房子，感慨生命兜兜转转又回到了当年出发的地方，并传了些她养的花草图片过来。我也顺手传了几个家居图过去。她说，你的厨房间干净的呀，哪里像是在做饭过日子的样子，感觉就是个摆放。

我笑了。想来不止小成这样说过。儿子小的时候，爱人的同事来我家，参观到厨房的时候，也问过：你们在老家吃吗？不在家里做饭吗？其实，那时经济拮据，家里还没有油烟机。因为不能容忍油腻腻的感觉，维持环境唯一能做的就是不断清洗。

许多年来，对于物质的需求一直很少，吃穿用度都可以自觉迁就，唯独对于居住的环境，一直无法放弃最高的却也是最基本的要求：简单，干净。随着年龄的增长，需求愈甚，几近成癖。

用过的东西归位；找不到的东西不要乱翻，要打电话问；拿底层的衣物，要用手托着上面的……这些话早已记不清曾经叮嘱过爱人和孩子多少次。常有熟人和朋友说我脾气好，其实为了这些生活琐事，也常作河东狮吼，发飙、抓狂甚至崩溃，以至于非常能理解那些为了挤牙膏从哪一端开始而闹到法庭离婚的夫妇。

一直以来，环视居所，基本找不到可有可无的东西，对于这样的东西我选择不买，或者有些东西随着时间的推移变得可有可无，那一定被我扔掉了。于我而言，所谓“眼不见心不烦”是不存在的，所有拥塞与堆积，不是在空间里，而是滞留在我心里。为了内心的舒爽与敞亮，我的生活常态就是两个词：整理，与清洗。无止无息。

七月以来，一直沉迷于打理新的居所。换窗帘，恢复墙壁的洁白，清洗厨房陈垢，给餐桌、橱柜配置软玻璃，添置各种小的厨房收纳用具，给厨卫的窗玻璃贴上雾砂膜，花整晚时间让阳台地砖重现最初的纹理……

汗水一次一次浸渍双眼、湿透衣衫，身上磕碰得青一块紫一块，可我的心是通透的、快乐的。

爱人的一位朋友见我这么劳心费力地打扫装扮租来的房子，很不理解，说你住着就是了，别人家的房子你管那么多干什么？我自顾劳动，不搭话。无从说起，也说不明白。

的确，对于有的人而言，所谓家，就是能够打火做饭的地方，就是可以铺床睡觉的地方。可是我想要安置的不仅止于一副皮囊。

这个世界上没有什么是你的。然而这个世上的一草一木也都可以是你的。于我，不是在装扮别人的房子，而是在打理自己的生活，愉悦自己的身心。是的，也许明年我就不住这儿了，但我所驻留的每一天，它都是我生活极其重要的一部分，需要看着赏心，用着顺手。身心愉悦，才是完整的生活。

小成帮我小结：你是在给自己的心和身体安一个家，安一个属于自己的家，所以跟自己的房子还是别人的房子不搭界的。其实呢，你这个小女人很简单、很好弄，但是呢，因为太简单也不好弄。

我在屏幕这端再一次静静地笑起来，在心里握了握她的手。也油然想起爱人很多年前对我的嫌弃：你这也不要那也不要，讨好你虽然不费什么钱，可是太费心。

是的。无论在物质领域还是精神领域，从没有理想活得多么重（或者重要）。不需要红木的尊贵，不需要金银珠玉的点缀，也不需要蓝色妖姬与鸡尾酒的浪漫……实在见过太多“贵人”，不开口时被举止出卖，一开口，被言语出卖。一架闲书，一张本色木桌，一穗蓬松温暖的芦苇花，一束散发着泥土气息的兔尾草……简简单单，朴素整洁，更能让我感到温暖、放松和愉快。总以为，平凡人生，最耐得住岁月的，终究是内在的温纯与深厚。

前一阵子看《天道》。芮小丹有一段内心独白，觉得有点意思：“从心理学的角度分析，就是头脑越简单的人越需要点缀和填充，而头脑复杂的人则对简洁有着特殊的心理需求。”我以为最后半句话如果换个词词组会更为贴切：内在丰富的人则对简洁有着特殊的心理需求。

我一直坚持认为，人的外在需求是内在的投映。头脑复杂不等于内在丰富，而内在丰富的人往往特别简单（单纯），因此外在也往往下意识地剔除任何赘饰。

我告诉成，在我的城市里，目前教育领域内还没有“离职”这一说。但我始终相信，有一类人不论在哪里、以怎样的方式，都能过得自在安然，因为他们的心里另有田园。

三千红尘，森罗万象，生命的轨迹纵是千回百转，杂陈的五味品过，九九归一，终究炼成的也就是个平白的词，或者一两个朴素简约的句子。活到这把年纪，不说教，也不看说教。不炮制鸡汤，也不饮用别人的鸡汤。不齿于“深奥”，也没兴趣“深刻”。不需要扎堆挤圈子，来证明自己“德不孤”“身价在”。不用讨好谁，不担心失去什么，不刻意去维护什么狗屁人设……除了俯身于琐细而真实的生活，踏踏实实地流汗或者流泪，真真切切地欢愉或者痛苦，我找不到更有兴趣的选择。

也曾有善意的鼓励和惋惜：真应该好好规划一下你的写作，就这样荒着，“才气”都浪费了。

然而我终究做不成一个太“存心”的人。五十年光阴的观照里，不得不承认，我是个失败的人。但我仍然很快乐，感受着鱼一样的悠然，风一样的自由，浆果一样的饱满。有时，偶有迟疑，读余华摘下的一个句子就会翻个泡儿，浮出脑海——

没有一种生活是可惜的，也没有一种生活是不值得的，所有的生活都充满了财富，只不过是你开采了还是没有开采。

真的，我就想在我的这一种里，接着开采下去。

2020 年 8 月 10 日

女孩子

散步时，那人常常聊起他的一位异性朋友，数出种种的好，临了还会习惯性地总结：真是个很不错的女孩子。

每每此时，句末的一个“女孩子”总会让我内心生出别样的柔软与温存，对那人和他的朋友莫名生出几分贴心与敬意——他多年的朋友——那个“女孩子”，如今已是知天命的年岁了。

又想起一位兄台。有一天他对我说，我的一位朋友关注了你的微博和微信，那也是个热爱文学的女孩子。

让我怦然心动的是，在他的语言里，我重逢了“女孩子”这个清新灵秀的词语。姑且忽略以那位兄台的年岁对那位女孩子的所有推想，心里唯余一种如棉的洁净与温暖。

还想起 2002 年。那年我初入网络，从阅读史里随手捡了个网名：妞妞。

四年后，进入新浪博客，改名“梅子”。朋友问，为何要改？

我说，这般岁数，还叫个小女孩的名字，有点不好意思。

不想，朋友却说：有些女子，活到八十岁，就是八十岁的女孩子。妞妞，你活到九十岁，仍然可以是个九十岁的女孩子。

为此，感动良久。十几年过去，想起时，仍然暖意在怀。

杨绛先生辞世那天，我莫名感伤，心空了一大块儿，仿佛从此没有人陪。又莫名安慰，我知道，她从此不会再走，她以在尘世的消逝，成就了另一种长久的存在——安安稳稳地，她住进了我的精神世界里。我相信，世上从此会一直活着一个105岁的女孩子。

我以为，那些不为岁月销蚀的“女孩子”，大抵成全在两种状态里。

一种缘于他人，成全在懂得、尊重与欣赏的眼睛里。

林清玄说，宝光生起的人，泰然自若，沉静谦卑，既不显露，也不隐藏，他与平常人无异，只是在生活中保持灵敏和觉知。这世上比较可悲的是，那些宝光涵容的人事物，是很少被观见的。宝光之人，唯宝光之心才能相映。

是的。那些永恒于年龄界限之外的女孩子恰是宝光涵容的，需要一颗跳出世俗衡量标准的心灵才能辨识，才能相映。

另一种缘于自身，也是最为根本的一种成全。一生载营抱魄，用心用情，澈冽如泉，至死不渝。心性与活法成就了那个永远的“女孩子”。

譬如《一代宗师》中叶底藏花、不施粉黛的宫二。

譬如陈寅恪晚年的素颜知己的冼玉清。

譬如杨绛笔下“皮蛋其脸”的八妹杨必。

譬如“民国世界的临水照花人”张爱玲。

譬如“一身诗意千寻瀑，万古人间四月天”的林徽因。

譬如此生一意“把花看遍，把爱写完”的友人人间草木。

…………

她们，质朴，又奢侈。淡然，又浓烈。决绝，又深情。磊落庄重，又风情万种。

如是，成全他人与自我成全，两者都自带光芒，令我仰视。

2019 年 1 月 8 日

第四辑

清欢

一只护书袋

喜欢棉麻，喜欢石子，喜欢草木，喜欢泥土，喜欢哑光的青瓷，喜欢无风的秋阳里浩浩荡荡安详绽放的芦苇花。

它们，都是我心头的好。

因为，它们关联着素朴，关联着静默，关联着节制，关联着简净与清贵，关联着谦卑与骄傲，更是关联着灵魂的深挚与自我忠诚。刊落声华，持守生命的本真与内在的坚实，自自然然于大千，洒洒落落于红尘。

人海里，我也一直挚爱着具有同样质地的灵魂。

今天，三月的气息愈发纯正。绿园的河水静默欢愉，每一棵树都怦然心动，蛰虫跫音纤秀渐行渐近，无数花朵于季节深处次第赶来……鹅黄，浅绿，绯红，粉白……浅浅春光带着浅浅的喜悦，荡漾成三月的微醺的美。

走在晨阳里，风，轻轻掀动衣襟。低头看看怀里别样的礼物，轻轻笑了，所有的往事也瞬间抽芽吐翠。

晴为我手工缝制了一个小布袋。棉麻质地，针脚细密。米白的底色，墨蓝的碎花，袋口穿一条驼色棉绦，可以自由收放，风格文艺又质朴。晴说，这是个护书袋，把书装进去，收紧绦子，再放进包里，有了这层保护，书就不会受到损伤了。许多年来，为了拾起零散的时间，无论寒暑，习惯随身带本书。尽管时时小心着，但日久仍是难免磕碰，每每心疼不已。呵，我怎就没想起要做一只这样的护书袋呢？一直以来，那份潜意识里的缺憾和需求于这一刻被恰恰好地圆满了。

何其可心。

何其贴心。

触目之际，大爱大喜。

搭在臂弯，轻轻摩挲，惊异它与我的衣饰、气息竟是如此相合，仿佛早已相随多年，轻易跳过漫长的磨合，刹那之间浑然一体。

一事，一物，观照的，是一个人，一颗心。

想起晴，也是棉麻木石的感觉。不强烈，不尖锐，不生硬，质朴沉静，自带哑光的温蔼与淳厚。长期的教育生涯早已让那些特有的“教师属性”缓慢浸透她的身心。她总是微笑的，言行之间，都会油然唤起你一种清晰的意识：纵使千回百转，她的思维的落点，最终总会不自觉地指向同一个对象——孩子。慈柔地爱着，是她心灵最恒常的表情与内核。

也许是与孩子共处太久了，也许是原本生就一颗赤子心，她自己也慢慢成为一个心地纯净柔软的孩子：舍不得摘一朵小野花，不忍心弄伤一只小蚂蚁，为校园甬道旁寻常的草木一再流连，为珍珠吊兰开出第一朵花欣喜不已，路遇的小猫小狗也能让她乐不可支……工作之余，她读书，做手工，结伴旅行，养各种“肉肉”与绿植……旁观这样一种平实而温暖的存在，总会让我想起一些词：善良，教养，阳光，风烟俱净，岁月静好……

与晴同事三年，只在校园里匆匆相遇数次，我与她的交集更多地来自书友会的交流和校园博客的抒写。如果一定要定义我与她的关系，我想，最恰切的，大约就是书友了。在书友会里，我们一起聊亚米契斯，聊黑柳彻子，聊陶行知蔡元培；我们爱善良的安利柯，爱掏粪池的小豆豆，也爱会织网重友情的夏洛……于教育之外，我们也无羁地拓展各种“不务正业”的闲读：享受周作人的冲淡，欣赏林徽因的优雅，也不拒绝张爱玲的骄傲……聊到会心处，一起像小孩那样两眼发光，使劲儿点头确认。聊到动情处，又一个个泪眼婆娑，傻傻地笑着哽咽、自嘲。我总以为，夕阳不会忘记，那些忘情的交流曾醉过晚霞，醉过暮色；星星也一定暗暗窥见，有个女子在午夜里静静反刍嗒嗒抒写，每一粒文字落下来，都闪着喜悦……

难以忘怀，一段内心葳蕤而明亮的时光。

当然，我也很清楚，书友，是各种社会关系里极无用的那一种。却也正是在一无所用之中，彼此活出了最真的表情和心性。于我而言，一切世俗的交往都是无聊的、折磨的，太多有用的关系、有用的事物，往往都是速朽的。世上有很多交集可以轻而易举地被流年席卷而去，唯有共同在书香里沐浴和拥抱过的灵魂永不失散。

李修文在《山河袈裟》中写道：“无论你在哪里，不管是九霄云外，还是阴曹地府，为了自己好过，你终归要找到一尊菩萨，好让自己去叩拜，去号啕，去跟他说话。”

是的。我把这尊菩萨理解成一个人内在的信仰，精神的皈依。那一刻，贴书在怀，心中沉实、宁谧又欢喜。我也早已幸运地找到和拥有了属于自己的那尊菩萨——阅读与抒写。一直以来，我以一种朝圣的虔诚行走其间：叩拜，深思，自我觉醒，自我倾诉。像燕子筑巢，我衔来文字一点一点磊实一座属于我的精神庇护所。我在这里号啕，欢笑，也在这里壮实筋骨，丰满羽毛，独自痊愈尘世里的种种擦伤与划痕。同时，在这场朝圣的行走中不断地去遇见，遇见那些质地相同的灵魂——一本好书可以安暖过一冬；两行诗句可以喂养大半生；一句诺言可以从容攥到白头；一枝梅，养到花瓣落尽，再放出绿叶；一次诗文相酬，遇合的便是一场精神的盛开；一只棉麻护书袋，呵护的又何止于书，还有一个人的阅读岁月与情怀……

意义太多的年代，她们活成了少。

她们属于棉麻，属于草木，属于泥土，属于大自然，她们是我小小世界里安详绽放的芦苇花。

她们，是我。

我，也是她们。

2017 年 3 月 22 日

书，真的不能借

从不肯借书与人。

自己读过的书，每一页、每一行、每一处标记，都浸透了自己的气息，藏满了自己的小秘密。若是让它打开在他人的手上，一页页一行行，将自己内心深处的蛛丝马迹一览无余地展开在他人的视界里，任由检阅，真是不能想象。于我，那种尴尬，不亚于当街裸奔。当然，还有一个重要的原因，就是不能接受自己的书上沾上了别人的味道。我的知觉似乎有一种与生俱来的敏锐，总能准确无误地识别出自己之外的气味，甚至气息，并本能地排斥。

因此，对于借书，委屈种种。

有时婉拒。

一个周末，坐在回家的客车上读钱逊的《如沐春风》。

为了完成一个小申论，来来回回地翻检孔子关于忠信的言论。看累了，掩卷抱在怀里，靠在椅背上小憩。

邻座的男士轻轻碰碰我的胳膊，问："把你的书借我看看？"

太突然。我一愣，没反应过来。

看着他伸过来的手，我一下子把书抱紧了，结结巴巴地说："不行……我自己还要看……”

为了那人不致太尴尬，于是，我接着看了余下的五十里地。

有时直拒。

有一次，我在一家零点厅一边等午餐，一边读杨绛的《洗澡》。

对面桌的男子伸头过来问：什么书?

对陌生人，总是懒言语，尤其是异性。于是我把封面竖起来给他看了一眼。不想，那人两眼放光，喃喃自语，哦……洗澡？并露出诡异的笑容，问：让我翻一下行吗？心中忽地腾起一股反感，迅速后撤半米，未假思索地回答：不行！并本能地合上书，飞快地装进了包里……

有时，很不忍心，但仍是不能不拒。

记得那年春天，静飞从南方给我寄来了《砚雪楼梅花吟稿》，吟稿为静飞亲手软笔抄录，其中收录的皆是静飞原创的咏梅与咏荷诗词。

惊叹之余，爱不释手。静静把赏之际，一位同事来。其实，这位同事是我平日里挺要好的一“哥们儿”，写得一手好诗歌、好散文，是个地道的“文艺青年”。我毫无顾忌地大大地显摆了一番。他见到这么古雅别致的线装古册，这么端庄灵秀的书法，这么一整本的诗词，关键还出自一位女性之手，实在是太有诱惑力了，就情不自禁地请求：借我品赏品赏！我飞快把两只手一齐按在了吟稿上，头摇得像拨浪鼓，一迭声地说：“不行！不行不行！”同事的脸唰一下红了，我也忽然意识到他是我的好朋友，心一下子软了，但按着的双手一点也没有放松，缓和了语气，可怜兮兮地说：那我翻给你看，行吗?

当然，也有不能拒绝的，但可以相赠呀。

前年，我被借到一个新的办公室，参与一项新工作，结识一位新同事。新同事善良直率，像个天真的小孩，待我亲昵友好，如家人。

她会花整个晚上的时间煲了汤，带到单位让我喝，还舍不得让其他人分享。让我感动和温暖。

一次她说，你有什么好书，能不能借我两本看看？

我略一思索，爽快答应：好！就读杨绛吧！

一边答应着，一边就打开网页，直奔京东书城，当即下单买了杨绛的《杂忆与杂写》和《干校六记》。

书，第二天下午就到了。

我取了白纸，细细包了封皮，用2B铅笔淡淡写上书名，然后，双手捧到她面前，调皮而又郑重：哪，给！

当然，我也从不肯与人借书。

人说，书非借不能读，可是于我，借来的书却看不进去。一想到捧在手上的书每一页都被别人的手翻过，每一行文字都被别人的目光摩挲过，就不堪那种无所不在的陌生渗透，一种莫名的生分就会在内心深处隔成一道无形的却无法突破的屏障，让我根本无法进入。除此之外，还会生出一种偷窥的羞愧感——捧着别人的书，便如同置身于别人的私宅，总会不由自主地产生一种迅速逃开的冲动。

2012年春夏之交，《教师博览》的主编心田兄读完野夫的《尘世挽歌》，喜欢得不行，布道般不断向好友们荐读此书。据说，当时在内地还买不到这本书。有一天他兴致勃勃地说：梅子，我把我的书寄给你看！我半晌不言语。他恍然大悟，呵呵笑道：哦，我忘了，我这本已经被好几个臭男人看过了，我弄本新的送给你！于是后来，他真的买了一本没有拆过封的《尘世挽歌》送给了我。

许多年来，对书，一直有种解不开的“独霸”情结。

不借去，也不借来。如果真的有需要，我会自己去买一本。随时随地随身，触手可及。自由自在地读，自由自在地圈画，注解，旁白，享受一种与人无法实现的亲密无间。彼此融合。彼此拥有。

一个不讨人喜欢的人啊，就是这样子的。

明知道自己有很多臭毛病，也一直不懈地努力去改正，可是有些毛病是一辈子也改不了的。

譬如书，真的不能借。

2016 年 11 月 15 日

世间孤本：《砚雪楼梅花吟稿》

今天，当我迎着晨曦，搭上这趟长途班车，我理所当然地想起静飞，因为这趟车六小时之后就会抵达静飞生活的那座城市。未来的几个小时，我的思绪和文字都归她。

2 月 5 日下午，收到静飞的快件。

拆开快件的包装，里面是一个密封的文件袋，袋面上是毛笔中楷书就的我的地址，姓名。沿着袋口边线细细剪开，里面是一款 L 形沈周花卉书法套袋，米灰的底色，偏左下印着粉色的牡丹，斜对角呼应以一痕红色印章，温和素雅。套袋内，取出的是一册墨蓝复古线装抄经本，上题：砚雪楼梅花吟稿。

触目之际，除了惊艳（意非指事物本身的“艳”，而是惊异于它非比寻常的美），我找不到更合适的词语准确地描述那一刻的感受：传统手工的制作，复古怀旧的调子，端庄大方、温和淡雅又不失流利与秀逸的小楷手书，真真令人爱不释手。捧着梅花吟稿，双目放亮，眉间含笑，一时竟喜极而无言。

一层一层的包装，一点一滴的细节，无不是主人的诗心雅意，精致而唯美。一种江南女子温婉而古典的文化气息，如梅暗香，袭心入骨，品位与境界，刹那了然。

册子中录存的皆是静飞创作的咏梅与咏荷诗词。

那些个夜晚，静静于灯下品赏静飞的书法与诗词，一回一回地深陷与陶醉。细细端详，静飞的小楷端庄大方、挺秀俊逸。力贯毫末，轻重缓急，宛媚流畅，每一笔都是风骨，即便是细如发丝的笔画，也同样充满韧性与张力，经得起一赏再赏。静飞的诗词，亦是见心见性。“春山淡凝，凉波乍生。天外灵素经行，更扶风梦轻。”月明星稀，伫立于苍穹之下，神游万里，一颗心，淡然，恬然，又不失疏朗与旷达。“斜窗一剪芳影，笛声三弄从听彻，悄无言，谁共孤耿。”客馆长夜，孤影一剪，孑然而不依。一“孤”一“耿”，梅之倔强清冽形神俱出。叹一声：谁共孤耿？——谁还能共你孤耿？或者她想说，除了踏雪寻你而来的我，还有谁可共你孤耿？“举世趋炎谁持冷，神忆藐姑仙册，尚余几、寻芳幽屐。”遍观时下，追怀不偎不爱之姑射仙子，叹此类举世伶仃。踏雪寻访，幸慰眼前尚有素梅似伊，持冰姿，存玉骨……

一首一首品吟，油然想起，曾有朋友总结：梅子的文，虽内容不一，形式不一，但表达的都是一个意思。我视为褒扬。所谓“万变不离其宗”，无论什么样的形式和内容，表达的都是一个精神内核，无非都是在说始终如一的“我”。窃以为，以此来评述静飞的作品，同样贴切：律诗也好，绝句也好，长短句也好，呈现的都是一种遗世出尘、诗书相伴的恬淡人生。此刻，窗外的风景纷纷倒进明净的春阳，心，已幽然穿越千里，望见江南水乡的镂花木窗下，那个端坐于案前，凝心会神，提按顿挫，将内在情感与生命状态洒然倾注于毫素的女子。融融而杳远的时空里，拟想中的她，周身散逸着茶香，墨香。有梅的高格，荷的圣洁。隔空离世，绰影清姿。那样安泰，那样婉娩。我努力策动想象，在心里描摹她的样子，一再地，驱使意识轻轻扳转她的双肩，想要一睹她的眉眼。

想来，我与静飞的结识，还要感谢作家王芳。去年八月初，芳子对我说，她在鲁院进修时，遇见一位江苏的朋友，网名叫木棉，个性特别像你，你们真该认识一下。女人，大约都有一种特殊的敏感和好奇，就是想知道别人眼中的自己是什么样子。我毫无例外地，也很想从静飞身上观照自己的影子和气息。很快的，按照芳子的指点，我找到了静飞的博客：砚雪楼。流连了近两小时，阅读了她的一些散文和诗词，自觉古文字的功底逊色于静飞甚远，带着一种钦慕，链接了网址，并在纸条里告知：因为芳子，找到了你。

同声相应，同气相求。我与静飞在文字间往来穿梭，一见如故。初遇时节，便不经意地发现，我们的阅读与处事方式有很多交集：不滥点赞，不随意关注，不随意添加和被添加好友，甚至连微信也是同样地隐藏了所有的搜索渠道，以避开任何打扰。她似乎比我更决绝，连访客栏、评论栏、自己访问的足迹也一并隐藏了。是的，本性疏淡。尤其是过了不惑，似乎更不易接纳新朋友了。一直觉得，人的一生中真正相知的朋友是极其稀少的，像爱一样，可遇而不可求。私下里，静飞坦言："许多年来，能理解我诗心的人极少，哪怕对方也会写诗。会写诗的人识见和追求不同，也可能同途异路。我极少向别人推介自己的诗词，文字之轻重，不同的人看起来也是大相径庭的。文字在懂的人眼里才能鲜活，才能有生命，才能有所值得。所以有时也会觉得有些孤独。但还好，喜欢文字的人，往往一卷在手又是充实的。'知我者，二三子'，足矣。"故此，在网络世界里，我与静飞至今仍是形同"陌路"。我们是在文字里确认的朋友。有些人，有些情义，心认了，才是真的认了。不是吗？

静飞，就像她的名字，飞扬的是诗思诗意，人，却分外安静。她的生活很简单，上班去办公室，下班就奔家。工作之余，便是读书，写字，种花，旅行。与静飞相处也很舒适，静而不闷，淡而不冷，亲而不腻。什么时候轻呼一声，彼此都能感受到一种温和而愉快的存在。除了互读互评文字，我们交流不多。所言大约就是她告诉我，自驾去了哪里玩，哪一天她种的白梅开了，哪一天移栽了过密的芭蕉，哪一天买了紫藤花籽……每每此际，我总会悠然想起静飞的诗句："雪是知音竹作邻，馨香已漫屋边云。凝眸绿萼心先醉，一种清华欲报君。"那种"相看两不厌，唯有惜花人"的陶陶然，欣欣然，宛在眼前。想象她干净而顽皮的样子，我便会不自禁地笑起来。

近一月来，几度品赏静飞的作品，因为珍爱，内心竟慢慢生出一丝惶恐。"凌寒应寂寞，谁与识风流。"这联诗句一直盘桓在心头，于感知的一怀清寂里，醒然自问：我可有诗的资质？可能解得她的一片诗心？可能担得起她的信赖与情义？

行走于宣纸翰墨与唐诗宋词之间的她，是寂然的，是边缘的，也是充实的，独立的，欢愉的。滚滚的红尘里，她开成雪中一株梅。

收到诗稿的那天晚上，我摆拍了一组图片发在微信里，备受朋友们的称许和艳羡：

——情义知多少！

——女人的字这么好！

——此物当值千金！

《砚雪楼梅花吟稿》，此一世间孤本。独一无二。除了我，连作者自己也没有。

千金不换，情义无价。

2015年3月10日于江南旅途

最美的花，开在心里

今夜，风雨作声。

我躺在无边的黑暗里，亮着。

听花落。听新芽吐翠。听那些深处的梦，冉冉开放。雨中的世界，阔大又局部，辽远又切近，虚幻又真实。万籁俱响，也万籁俱寂。

今天宅在家里，翻闲书，敲闲文。

偶与友人聊文字。我轻划屏幕，递去感慨：其实，一直都是个心思挺重的人，但许多年以后，回头看，仍然没有被自己累垮，也算是一个奇迹。细思因由，大约是因为一直未曾停止抒写吧。

我以为，抒写，是对内心的整理与归置，也是一种不断割舍与放下的方式。

每一次抒写，都是与自己的贴心相拥与深情诀别。每一次敲下最后一个字，都有如释重负的轻松，犹如打理好一个久居的房间，环顾周遭，井井有条，窗明几净，心也随之敞亮起来。然后，慢慢退出去，珍重地合上门，平静挥别。

一直在内心深处暗自感激那位鼓励我写观察日记的小学语文老师，让我从小养成了写日记的习惯。许多年来，每天睡前，都会安静地和自己说会儿话。留下的，或是读书随感，或是无主思辨。即便是那些分享出来的文字，也无不隐约氤氲着日记的味道。

记录，让我轻装。

思辨，让我豁达。

有一年，我把友人的文字推荐给了教育文摘周报，她拿到样报的时候，轻轻对我感慨："梅子，为什么你很久很久不写，可是一写起来还是那么顺手？而我久不动笔之后，再写就语不成行了。"

我笑了，老实交代：虽然我没有分享出来，但是从没有停止过心灵游走与文字记录，只是更多地留给了自己。

我一直相信，那些没有分享出来的文字，往往才是最好的。因为那些写给自己的文字真诚如赤子，所有的表达都无须委屈，无所讳忌，每一个譬喻都是那样生动而风情，所有的表述都是那么熨帖与透辟。那是月光里开出的花朵，是独处里的灵魂瑜伽。

那年读杨绛的《洗澡》，看到姚宓把精美考究的五彩织锦缎袄穿在朴素的灰色制服里，有如遇故旧的感动与欣悦，因为那件缎袄让我想到了日记。日记，不就是低垂的眉眼后，那件精致的灵魂的缎袄么？

最美的花，开在心里。只有自己的心看得见。

那年去藏边，一位同行者说，一切文字，从下笔的那一刻起，要么已在心里有了读者，要么准备寻找读者。

深不以为然。因为这许多年来，我的七成以上的文字都留给了自己。

2002年之前，一直在纸本儿上写。每年生日，爱人都会送我一本日记。婚后十多年，十多本，各式各样。2002年之后，移入键盘书写，改成了电子文档。

那时，我在晶都工作。一天过马路的时候，险些丧生于一辆疾驰而过的轿车，久久难以平静，忽然懂得“你真的不知道，明天，幸福和意外哪一个先到”。之后，我用几个夜晚，静静复读了那些纸质的日记，把过往的日子重新走了一回，然后找来一只砂盆，一本一本，焚掉了。几十万字，从生到灭，我是它们的作者，也是唯一的读者。

有人说，文字，就像自己的孩子。我以为，日记却不是。它是具体可感的皮囊之外，另一个虚幻而又真实存在的自己。它又是一座幽深的花园，一片宁静的水域，养育着另一个清醒、孤静的自己。它需要这一个我的尊重与保护。它独立于爱与信赖之外，是一个生命独立意义的一部分。无关隔阂，无关背叛。就像村上春树写的那样：

> 每个人都有属于自己的一片森林。也许我们从来不曾去过，但它一直在那里，总会在那里……即使是你最心爱的人，心中都有一片你无法到达的森林。

近读梁文道的《我执》，遇见这样一段话，特别入心：

> 我们平常以言语表达自己，并且相信言语能够把自己交给他人。但是真正的作品是不表达什么也不沟通什么的。正如瓶中信，在完成的那一瞬间就中断了和作者的关系，也中断了和读者的关系；存在，同时又消失在无始无终的海洋之中。

是的。我忽然为自己找到了关于日记的另一种更为恰切的理解与诠释。我以为，日记，也恰似瓶中信。一经落笔，就决然抛进了时间的洋流，不再与任何第二道目光相遇。

永远消失，又永恒存在。

2019 年 清明

爱，就是愿赌服输

提起张爱玲，绕得过千山万水，绕不过胡兰成。

张爱玲绕不过的，是内心的伤。后世人绕不过的，是对一位文学天才的惋惜，对一位风流荡子的贱视与痛恨。

张爱玲的才情引来了她的爱情——一篇《封锁》将胡兰成带进了她的生命。

一向不轻易见人的张爱玲，偏偏见了胡兰成。一向心高气傲的张爱玲，偏偏心甘情愿为这个男人低到了尘埃里。

一切都是天意，一切都是命定。这是张爱玲的情，更是张爱玲的劫。

写到这儿，我忽然想起那年“三八”节，三个家庭小聚以庆，以讨女人们的欢心。席间分享男人的种种醉态，一位妻子说，有天晚上，她的爱人喝醉了，敲开门，像个败兵，径自将她搂紧在怀里说：老婆，我完了，这辈子都得受制于你了，我实在是太喜欢你了。

那一刹那，不笑，无语。这个醉汉子一不小心道出了真言：在情感的世界里，能够真正制约和臣服一颗心的，唯爱，无他。换句话说，在爱情面前，从你动了真心的那刻起，便意味着失守，面临着沦陷。

张爱玲便是这样没有站稳立场的输家。

胡兰成只是表示了喜欢，她便毫不矜持地将自己的小相片题了字送了出去："见了他，她变得很低很低，低到尘埃里，但心是欢喜的，从尘埃里开出花来。"想来有些不解，写作的张爱玲像一位高段棋手，左执白，右执黑，老练地为他人的爱情下子布局，精明地权衡他人的进退得失，冷静地操控着人物的命运与故事的结局，纸上谈兵，得心应手。而当她真实地面对自己的爱情，却是笨拙得方寸全乱，一片空白。面对一个年长自己 15 岁已有两度婚史的男人，一个地道的汉奸文人，盲目到不肯正视对方的来龙去脉，不肯考虑姑姑的善意提醒，不肯慎重地问一声自己：张爱玲，爱这个男人，值不值得？

风月场上阅人无数的胡兰成几乎未及动用过往的经验，就轻而易举地吃定了这个情窦初开的痴女子。她就那么不管不顾地绽放了。

爱情，让女人变得温软和甜蜜，也让女人满心烦恼和凄凉。婚后的张爱玲终于开始计较了。在《双声》里，顺着与炎樱交流的话题，她流露了内心的无奈、退让与克制：

随便什么女人，男人稍微提到，说声好，听着总有点难过，不能每一趟都发脾气。而且，发惯了脾气，他什么都不对你说了，就说不相干的，也存着戒心，弄得没有可谈的了。我想还是忍着的好。脾气是越纵容越脾气大。忍忍就好了。

张爱玲与胡兰成于 1944 年 8 月结婚，同年 11 月，胡兰成到武汉接办日伪刊物《大楚报》，"愿使岁月静好，现世安稳"的许诺尚在耳边，爱情还没过"保鲜期"，他就瞒着张爱玲与护士周训德结了婚。

翻开张爱玲年谱，《双声》成文时间应为 1945 年 3 月。其时的胡兰成早已是新欢在拥了，张爱玲也明显有了察觉。就在同月，胡兰成返回上海，向张爱玲摊开了与周训德的关系，张爱玲的爱情陷入黯淡与危机之中。

果真如张爱玲想的那样，“忍忍就好了”吗？张爱玲等待胡兰成在她与周训德之间做出抉择。

次年2月，胡兰成躲避通缉，隐匿于温州，很快又与村妇范秀美相好同居。张爱玲来到温州看望胡兰成，以妹妹的身份出现在胡兰成与范秀美同居的地方，她把一切都看在了眼里，终于心灰意懒：“你到底是不肯。我想过，我倘使不得不离开你，亦不致寻短见，亦不能再爱别人，我将只是萎谢了。”尽管如此，张爱玲满是泪意的话语里仍然是留有余地的，更是不无眷恋的。从不轻易流泪的张爱玲含泪返回上海。因为懂得，所以慈悲。想到胡兰成的境况，张爱玲仍然给他寄去了自己的稿费。胡兰成坦然受之。他不仅没有在张、周之间做出抉择，之后，反而变本加厉，又将他与范秀美的关系坦白于张爱玲。我想，即便一个再良善宽容的女子，此处怕也要忍不住痛斥一声“厚颜无耻”的吧。一忍再忍，忍无可忍，张爱玲终于彻底爆发，他们以激烈的争吵不欢而散。

世上总会有懂你的男人，但懂你而不爱你，他就不是你的爱人，至多是位知己。

世上也总会有懂你作品的男人，但评你而不爱你，他就不是你的爱人，至多是位文学批评者。

胡兰成的确有才，也算得张爱玲的解人，但如同张爱玲自己说的那样：“就算眼前的这个男人，千般好，万般好，处处是优点，他不爱你，这个缺点，你永远改变不了。”——他的心不在你这里了，他的一切优点便与你再没有半毛钱的关系。

世上的男人，有的以风流为荣，有的以钟情为德。胡兰成是前者。与张爱玲相识的三年里，不计身份与年龄，胡兰成有名有姓的就惹上了三个女人。他来于苏青，途经张爱玲，路过周训德，暂寄于范秀美，弱水三千，随时，随地，随意，可任取一瓢饮。来日方长，他还会流向谁？他的轻浮与混乱，终使张爱玲绝望。凉薄尘世里，容不得你过分地深挚与警醒，你不能改变和左右他人的价值取向和行为方式，但是你可以决定自己的选择：与其顾念旧好，苟且眼前，无限制的委屈与迁就，不如干净利落，相忘于江湖。

张爱玲曾在《中国人的宗教》里这样写："不论在艺术里还是人生里，最难得就是知道什么时候应该当歇手。中国人最引以自傲的就是这种约束的美。"是的，文同此心，当退则退，当断则断。1947 年 6 月，张爱玲深思熟虑之后发出绝交信，与胡兰成决绝分手。

果真是应了那句话：所有的相遇都是猝不及防，所有的离别都是蓄谋已久。

从恋爱，到结婚，到离婚，也不过短短三年。三年，缘分尽了，张爱玲把自己也燃尽了。

很多读者认为，是胡兰成毁了张爱玲一生的幸福。果真如此吗？现在我已经不这么想了。墙，就在那儿，但不是谁都会撞上去；河，就在那儿，但不是谁都会失足落下去。为什么撞伤的人是你？为什么溺水的人是你？性格决定选择，选择决定命运的走向，恰如宫崎骏的精彩台词："所有的开始，其实都是一个写好了的结局。"严格地说，不存在谁毁了谁，这个世上成全自己和毁掉自己的，永远都是自己。这，并不仅仅局限于爱情的范畴。

我想，对此，想必张爱玲自己于那些默然低垂的时光里也是做过深省的吧。愿赌，便服输。不哭不闹，不出恶声，不喋喋不休地向世人陈列伤口，安静地接纳一切，坦然为自己一手造就的结果买单。愤愤不平的，不过是后世人。

爱的世界里，这便是张爱玲的区别与高贵。

她果决放了自己。

降下记忆的帷幔，从此转身。至死，只字不提。

2016 年暑期

我不再是一朵花

有时，我会忽然意识到，我已经不再是一朵花。

一个纵情欢笑的人，是一朵花。

一个放声痛哭的人，是一朵花。

一朵怒放的花。如痴如醉的花。

而我，除了内心固执，已不会有形式上的激烈。

我只会像此刻，走在秋天的阳光里，轻轻踩着秋叶筛下的碎影，看晚谢的花，数早落的叶子，微距注视树干上爬行的小虫，遥望楼宇上空棉花糖一样的云朵，或是小心地张开裙摆，兜住零星洒下来的鸟鸣……

我只会安静地笑。或出神。

像一粒被举在风里的草籽。

像一只秋阳下吐絮的棉桃。

像第一场霜降后挂在枝头的柿子。

像果园深处，一只开始转甜的苹果。

像苍老的荷叶间，亭亭擎满一腔莲子的莲蓬……

总之，我不再是一朵花。

我是沉默的。

是一枚安详的，喜悦的，秋天的果实。

2017 年 9 月 16 日

你是有根的

你认识很少的人。

手机里存很少的号码。

你不认识谁的车。

不记得谁的车牌号。

甚至，这些年过去，你也只能凭着那串符号末尾的“1”字，在车河里捕捉“疑似”的爱人。

所以，你走在人海里，不用勉强去寒暄，不用礼貌地挂着“社交的笑”。

所以，你走在大街上，不用对着某辆车弯腰致意，行注目礼。

你从来分不清孰重孰轻，谁和谁“一堆”，该和谁“一队”。

你只固守在自己的圆心，尊敬并维护同类。

有时，你不免把自己“混”得有些糟。

茫然又无辜。

可你从不诉述，从不解释。

一转眼，你又会很开心——

你说，啊，那有什么关系。

你从来无意获得谁的尊敬，更没野心让谁臣服。

你说，我什么也没损失呀。

有时，你看看河里阵势浩荡的萍藻，

又看看岸边孤单的小草，你悄悄站成近旁的另一株。

你轻轻侧身，对它耳语——

有些一呼百应或自成群落，并不是因为拥有共同的信仰，只是具备相同的属性。

不怕。你有根的。

你啊，你啊，总是这样。总是这样——

生活在一个无知的世界里，自由得像一匹傻瓜。

2018 年 4 月 28 日

做个迟缓的人

娘常说，你小时候是个迟钝的小孩。

生下来，胖胖的，天天低头坐在窝篮里。

喂药不嫌苦。

打针不知道疼。

没人陪也不哭。

后来长大了，很穷，也不觉得丢人。

穿着打了补丁的衣服，还喜欢照镜子。你说，老师说很好看。

同学笑你：又帮你妈的菜摊儿送菜了？你总是也笑，嗯嗯点头。你说这一点儿不耽误考第一。

你把学校发的饭票省下来，换成粮票，给异地读书的哥哥寄过去。娘很心疼。你说从没觉得过饿。

结婚了，你什么都没有要。一身清寒，家徒四壁。你说，什么都没缺着。

人到中年，你似乎更加迟钝了。

零下 10℃不觉得冷，你说心里有娘。

高温 38℃不觉得热，你说心静自然凉。

头疼脑热，咳嗽不断，你仍能烹煎炒煮，喜滋滋地在厨房里忙得不亦乐乎。你说看到爱人、孩子，心就开花一样甜，就想为他们忙。

对门的钢琴老师，每天中午和晚上都会带着孩子练琴。结结巴巴的琴声，丝毫也不觉得烦扰，睡眠不好的你，竟也能安然入梦……你说，最好听的，莫过于孩子一点点长大的声音。世上一切声音，无与伦比。

现在，你一点点老了。

天塌下来，你也不躲避，不慌张。你说，活着的路上，无非就是过山过水，见招拆招。顺其自然，随遇而安。你智，你愚，大自然的平衡法则都会给你一条适合你的出路。

不再像当年，有大串大串美妙的句子在你心里次第开放，只有淡淡的温暖，幽幽的欢喜，在心底里缓慢地大面积地氤氲。你说，所有的好，不仅止开在笔下，更是慢慢化入了灵魂，长进了骨髓……

就这样，做个迟钝的人，慢慢甜。

2017 年 12 月 2 日

在自己的山林里，快意吐纳

1

你又发来一组新写就的诗，与我分享，还伴有朗诵音频。女孩子的声情演绎恰似这错阶的文字。徐徐。娓娓。沉静而感伤，深情又不煽情。

我说，最喜欢最后一首。尤能抵心。继而补充：当然，你的诗都好，我说的喜欢是相较而言。你最适合写诗，就像最适合做个月亮一样的情人，而不是爱人。

静默之后，你笑，说，可惜这些年没能成为谁的情人，也不是谁的爱人。

嗯。我想了想，也是。其实，尘世里有很多种身份，有的人哪一种都不适合，也许他们生来只是为了立于时空，供远赏，供仰视，或者，供砥砺。

2

一次，读完你发来的诗，我说，现在很少能读到你的文字了。你说，其实报上常有，随意拈了个名字就发了，譬如米花豆粒麦芽儿草籽之类。然后，偶尔听人聊起某期某首小诗很是可喜，也会随便开心一下。

于是油然记起，那年有人向你征书稿，你羞涩地问，可不可以不用自己的名字印发？你说，文字这种东西，不过是心里滑落的种子，能自然而然开出一小朵花，或者绿成一丝生机，即为圆满，又何必计较来处。

3

“小有钱多有闲深读书，才有好随笔。”——微信响了一声，你说刚刚读到这文字。

我说，喜欢其中的“深读书”。我以为“深读书”里自然包括深思考。看到现实中有的人真的也读了很多书，论及作家、作品如数家珍，可是仍然不能摆脱各种世俗的烦扰与桎梏，活得十分纠结。我想，那大约是读而不思不化，是浅读假读。

也曾有友人问我，人到底为什么要读书？

我说，不知道别人为的啥，我只是想让自己的内心多一些自由和快乐。

一切读，不是为了之后的写。一切写，不是为了之后的发表。凡是出于内心需要的读和写，都是为了心灵的自由。如果不能获得与享受这种自由，即便是满头桂冠、一身勋章，也不过就是一个“名”，终究无缘于“明”。是枉费。

4

你拿一段文字给我看：

> 现实的日子，总归是平静平淡平凡的，而精神的旅途给予了稍异日常的风华。这些风华，是与自己一同吹过风赶过路读过书写过字话过平生的友人共有的。海上的两盏灯塔，彼此在暗夜里给对方予光。风吹过竹林，风给叶子清凉，叶子给风绿意。此情不关风与月，却山高水长，又纯澈。所以，很想说声：谢谢你。

你说：贾柯写的，你赞过的句子。

我说，你信不信，我赞的时候，想到了你。还有人间草木，梁忆灵子静飞……如果要赞，她们的每一篇都值得。但更多的时候我不动声色，读她们，就像看看镜子的自己，轻轻理理星星鬓角，就继续默默劳作去了。

你微笑感慨：你已经找到了自己的“山林”。你的那些书写的朋友们也找到了自己的山林，他（她）们形成清绿的山水。你在山林里快意吐纳。王尔德说，每个人生下来都是王，但大多数人却在放逐中死去。读了别人的文字，感觉我就是在自我放逐中。

我说，大约相反，我生下来不知道自己是谁，便开启了一种自我放逐，后来在放逐中慢慢有了觉知，认得了自己，找到了自己，拥紧，牵紧，之后便再也不曾失散。我已经从一个流徒成为自己的王，安营扎寨，持续一种天长地久的“盘踞”。不再走。不再流浪。直到埋下去。

2020 年 5 月 13 日

顺乎本性，即身在天堂

淡

一个人，越成熟，离自己越近。

离自己越近，离人群越远。

无待于外，则不受制于外。

淡，即自由。

◇◇

于外，取一“淡”字。淡看，淡对，淡然得失。

于内，取一“深”字。深潜，深省，深爱自己。

树一样独立。

风一样自由。

◇◇

常觉最好的心灵体验，是清欢。

拥有一个六分饱的胃，穿干净简单的衣服，穿平底鞋，淋着稀稀朗朗的阳光，淹没在熙来攘往的人群里，不被人注意，不被人惊扰，安全自在得像条鱼。

苏子诗云，万人如海一身藏。是这感觉吗？

真好。

静

花，是树写给春天的华章。

静默里，恣肆着千言万语。

◇◇

从喧嚣与激流中抽身退守，不是服输，而是彻悟了生命的必需，与幸福的真义。

◇◇

中国现代诗人艾青曾譬喻诗歌的含蓄“是子弹在枪膛里的沉默”。

我不喜欢“女强人”，也不主张女人非要获得形式上的独立。但我觉得一个女人的退守，实在应该如同诗歌的含蓄——必须像枪膛里沉默的子弹，可以依据需要，随时发力。

简

我喜欢整理。

衣橱里没有多余的衣服。手机里都是精选的图片。电脑里的文件随手归档、一日一清。抽屉里数量不多的每一件物品都有固定的位置。

对内心也是如此。每一次抒写，都是一次整理与扬弃。

于世，一退再退。

于心，一简再简。

看得见看不见的空间，都必得是清清朗朗、井井有条，才能让我内心敞亮，安适。

仰望，云淡风轻。

俯览，布衣蔼然。

想起老树的画：山河大静，内外一如。

◇◇

晨读爱默生，遇到这样的句子：“智能把形式戳穿，翻过了墙，发现了相距遥远的事物之间的内在相似，把万物归纳为寥寥几个原理。”

想起自己的随笔：“当你把世界和人生看通透了，基本就不用写什么‘大’文章了。纷繁世界，一切理与相，最终也不过炼为一个简括的句子，或者几个关键词。”

哈，异曲同工。

暗自得意了一下下。

拙

暑假里，一位小妹妹将她母亲种的桃子做成罐头，冒着暑热，穿街走巷，送到我面前。还打包了一份刚做好的，接在手中，仍然是烫的。

那一刻，我的内心满满的都是温暖和感动，可除了说谢谢，就剩下手足无措地笑。

我请她在我对面坐下来。然后，隔着办公桌相对无言。目光相碰，还是无所适从地笑，然后匆忙闪开。

坐了一会儿，她就起身告辞了。目送她挥手消失在电梯口，竟如释重负。

回到办公室里，捧着热的糖水黄桃，久久地，凝视。愧疚自己的愚钝与笨拙。

于我，也许文字的交流，才是最自然的交流；隔着一屏文字的距离，才是最舒适的距离。

文字，真的是最好的媒质。

因为拙，我一直偏爱着止庵的“如面谈”。

◇◇

马德老师在《中国人的敬畏心》中说，有用，成了我们衡量这个世界的圭臬。

这些年来，一直读无用的书，写无用的文，在环境中，不擅热络，安于边缘，所以自然也就成了个无用的人。

其实，无用没什么不好。清静，也冷静。

因为无用，使我识别出了很多善良可靠的人，让我感到温暖踏实。

悟

推开窗，雨后的风穿堂而过，内心无上清凉。

洗漱过后，躺在沙发里乱翻书。

其实我不是个读书人，只是生命里习惯性地需要文字，就像需要阳光空气和水。确保伸手可以摸到书，是一种踏实和安全，就像怕黑的小孩伸手就能摸到母亲。

◇◇

局外看局。

其实，跳出来看，一切都没有悬念。

所有的结局，都绝非一时一事所致，而是整个过程的积淀与累加。途中，每一粒花籽是自己播下的，每一个坑也是自己掘下的。花开时，感恩阳光雨露，同时别忘谢谢自己。沦陷时，未从抱怨他人，必先冷静检点自己。外因有，但非至关重要。

成于己。毁于己。

◇◇

“人追求高尚很困难，成为贵族难上加难；人走向卑鄙很容易，成为流氓易如反掌。”

时隔一月，再读维杰《贵族精神的消亡，流氓意识的兴起》，依然暗赞精彩，但对这一句确有异议：对于一个良知既存的人，修炼为精神贵族可能很难；但若想打破既有的个体道德格局，堕落为流氓，其实同样是相当困难的，甚至不可能。

爱

追忆似水流年，翻检那些被忽略了的生命细节，细味那些没有来得及好好珍惜的幸福。

少年至壮年，甚至中年，一直都不是有钱人，但在感觉里，我从没有穷过。因为我有爱。亲人友人甚至陌生人给我的爱，和我致以这个世界的温暖与善意。

有爱在，生命中便富足美好，开满鲜花。

◇◇

近来雨水多。

一天夜里两点多，雷声隆隆，我从睡梦中惊醒。雨点几欲敲碎玻璃，整栋楼房似乎已是飘摇欲坠，心中忽然袭满恐惧。那一刻我猛然想起乡间的娘，隔着风雨，她瘦小的样子孤独而遥远。

一股强烈的思念涌上心头。

其实我不是害怕风雨，我只是害怕危情时刻，不能和至亲至爱的人相偎在一起。

◇◇

林清玄说，今天比昨天更慈悲、更智慧、更懂爱与宽容，就是一种成功。

读此言让人欢愉和安慰。每每回看昨天，总是庆幸昨天对的选择，更爱今天好的自己。而匆匆几十年的人生正是由许许多多个“昨天对的选择”和许许多多个“今天好的自己”组成。

不自禁地，爱自己，爱生活。

◇◇

泰戈尔的句子：让死者有那不朽的名，但让生者有那不朽的爱。

真好。尤爱后一半。

又想，其实爱并不是每个生者的最大追求。还是希望上天像一位慈祥的长者，给虚荣者以盛大的名誉，给爱财者以滚滚的金币，而赐予那些贴着大地默默生活的人以踏实的爱与温存。

各得其所，各安其好。

世界自然平衡。

走

人生是盘棋。

一个成熟的棋手从不悔棋。即便布错了子，也会直面残局，积极思考，乐观展望，慎重地继续每一步，在最坏的情形里创造最好的未来，坚定不移地走下去。

“我走得很慢，但我从不后退。”

◇◇

巴菲特说："你生活的起点并不是那么重要，重要的是最后你抵达了哪里。"

喜欢。

一直在走。没有多余的精力旁顾更多。不惮艰辛，不惮迢遥，不惮嘲嗤，极尽脚力之能及。始终坚信，上天从不会拒绝一颗求好上进的心。而所有的幸福和喜悦，尽在这"走"的途中。

◇◇

生命不止，便没有最好的我。

2016 年 9 月 18 日

在风里开落

1

越来越不喜欢那些速成的印象。

仓促，往往与肤浅、错漏关联，难免让人生疑。我喜欢和信赖在时间的厚度里沉淀出来的美好与得以印证的真实、真挚。

近十年里，我不再轻易地引用一句话，不再轻易去写一个人，也不再轻易孤立地去评价一部作品。相反，为了正确理解某一句话，我可能会去阅读关联的一整本书；为了尽量客观地认识一个人，我可能会去读 TA 全部的作品；为了不误读误解一个人的作品，我可能会尝试着去深入了解 TA 所生活的家庭与时代。

我走得越来越慢。只是想活得冷静一些，活得踏实稳重一些，活得让自己安心一些、让亲人朋友放心一些。

2

你说，文字建构的也是一个世界。有门，有窗，还有路。有开窗，就有关窗，门一样。该独立游弋的时候，不受干扰，保持自己的方向。同时，门窗绝不锁死，吐故纳新，迎来送往，保持循环通畅的能量……有人进，有人出，太正常。敲错门，离开罢了。敲对门的，才是精神的同路人。

回顾过往，轻轻笑了。

其实，我从来不“敲门”。我只是一棵树，安静地站在自己的土地上，守候终究要遇见的人，终究要路过的风，终究要落脚于此的鸟，终究要开满枝丫的幸福。一任该来的来，该去的去。

蹚过光阴，独自繁华。我在风里开落。

放眼远方的时候，恰好看到了你。和我一样，开落在风里。

3

时间无敌。

它是残酷的，也是深情的。

它让人绝望，也坚定着希望。

它的无敌在于它的公正——不遮蔽美，也不掩盖丑。不会念及你是谁，事关谁。它不慌不忙，一点一点把“真”洗出来，冷静地摆在你面前。

它给予人的最大的安慰是：它不咆哮，也不评说。但安静里分明有奖惩。

真的，不论你承不承认，你最终得到的，必定都是你自己要来的。直接地，或是间接地。

2020 年 4 月 2 日

第五辑

流年

村小里，来过一位江南的先生

我童年那段最无忧的时光是在家边的一所村小里度过的。我父亲的小学生活就是在那里度过的。父亲常常对我们兄妹怀念他小学时代的几位老师，念叨他们的名字，赞叹他们的过人的才艺、丰厚的学养、蓬勃的生机，洒脱风雅的谈吐和整洁斯文的着装。父亲说，他们大都来自南方都市，是响应国家政策来苏北支教的年轻的先生，对教育充满热情，对学生非常负责。他们生活在孩子们中间，即便不对孩子们授课，仅仅是言谈举止的熏陶已经足以成为一种极好的教育了，那真叫一流。

我和哥哥们继续在那所小学读书的时候，父亲所景仰的那几位先生已经相继调离了，我始终没能得见一位如我父亲描述的那样的先生，但仍旧有南方来此落户的先生教过我的课。

小学三年级的时候，接任我语文课的就是一位来自江南的老师，姓徐，我们都叫他徐老师。听父亲说，他是携妻儿举家搬迁而来的。徐老师是我们学校的教导主任，个子不高，大约四十几岁，牙齿有点暴，样子很平凡，人端正而温和。中山装有些旧，也不太合体，但总是洗得很干净，领口的风纪扣总是很认真地扣着。他的普通话里有浓重的乡音，也许是为了把普通话讲的更标准一些吧，他的语速显得有些缓慢。每次听他讲课，都有一种莫名的隐隐的感伤，那声音让一个幼小的孩子觉得回家的路很远很远，仿佛走一辈子也望不见母亲的炊烟。

那个学期，他带着我们开始学习作文。第二年开春，他布置我们写观察日记，下了课我们都围住他问：老师，我们观察什么呀？的确，在那个贫穷的年代，习惯了劈柴烧火挑猪菜的三年级的乡村孩子，对于“观察”这样一种缓慢，安静，细致，专注，甚至带有一些浪漫情调的行为，觉得陌生又新鲜。他笑了，看着我们想了想说：“种盆花吧，或者草！还有蚂蚁、小鸟、小树啊什么的，都可以！”听了他的建议，孩子们很兴奋，纷纷回家去种花种草。下课时，也常有孩子三五成群地趴在墙角、树根，看虫子或者草芽野花之类的东西，专心致志，也七嘴八舌，听到锤子清脆地敲在一块吊起来的条形铁块上，才会惊散飞奔进教室去。我回到家里，母亲积极帮我找了一个旧瓦盆，放上松软的泥土，埋下了两粒蔻丹的种子。于是，接下来的日子，我最大的快乐就是放学之后，静静地蹲在那个旧瓦盆前，看那两粒种子如何破土，出芽，展叶，抽枝，鼓蕾，开花……每天晚上坐在昏黄的灯下，工工整整地写下“某月某日”，用简单稚嫩的语言，细致地，一集一集地，饶有兴味地，为这平凡而旺盛的生命编织清新透明的“连续剧”。我的日记本上留下了很多圈圈儿连成的红色标记，还有老师热情鼓励的批语。我每天把日记本藏在书包里，就像藏着一个香甜的大苹果，心里那样快乐和满足。

我越来越喜欢去上学。那时教室很简陋，土墙草屋，讲台课桌凳子都是用黄土混进稻壳或者麦秸砌成的，为此，衣裤的肘处、膝头、屁股上常常打着补丁。自从徐老师教我的课，连这样低矮昏暗的教室也慢慢变得亮堂起来，进了教室便觉得沁满心肺的都是清新的泥土的芳香，它几乎成了一个孩子的快乐天堂。

有一天，老师通知让家长晚上都来开会。低矮的“讲台”上点了一盏汽灯，稀薄的灯光从狭小的窗子里弱弱地漫出来。我和几个孩子偷偷趴在窗外看着里面的老师和母亲。会的后半段，忽然听见老师说到我的名字，心里一震。只见徐老师翻开我的日记本，举在手里，一页一页地读给家长们听。教室里安静极了，我看见了母亲羞赧而又自豪的笑容。我觉得心里仿佛一下子也点亮了一盏小汽灯，迅速转过身，紧紧贴在土墙上，用心捕捉着老师读日记的声音，身体慢慢地滑下去，滑下去……坐在了窗下温暖的土地上……天空海一样辽阔，月光皎洁如银，树叶细碎的影子斑驳地洒在我的脚边，黑黑的，清晰而瘦硬。只是那时我尚不懂得在日记里写下类似“陶醉”“沉醉”这样深而芬芳的词语。

那夜的月光几乎照亮了一个穷女孩整个困苦的童年，让我完全忽略了物质的匮乏带来的烦恼和考验。我写日记的习惯就是从那时开始的，一直延续到三十多年后的今天。文字，点滴记录着我美好而丰富的人生。我对爱人、儿子和我的学生们一再地忆起那个水洗一样的夜晚，说起童年里关于日记的故事，告诉他们，一位好老师对于一个学生一生成长的重大影响，一个好习惯对于一个人一生成长的重大意义。

我们常说，褪色的记忆像一部黑白电影。其实，即便将光阴逆转至三十多年前，似乎也没有什么特别惹眼悦目的色彩。黑板，粉笔，低矮的土墙老屋，土砌的讲台、课桌凳，条形的废铁做成的铃铛，老师清一色的蓝灰中山装，夜晚陪我们上自习的油灯、蜡烛……都如同铅画纸上的素描，暗淡而质朴。然而，这一切随着光阴的一再磨洗，却越发明媚而清晰。我们记住一个地方，是因为那个地方有值得我们眷恋的人。我们记住一所学校，是因为那所学校里有唤醒并温暖了我们心灵的老师。每每回望童年，那所乡村小学就像一座遥远而美丽的天堂，温暖明亮在我的心灵深处，因为，那里曾经来过一位江南的先生。

2011 年 6 月 26 日

童年，逾墙而去

我一二年级的语文老师姓胡，住在我们邻村。他的身量，平日的穿戴，已在岁月里渐渐漫漶，只有他的相貌和神情，常常越发清晰地浮现在我眼前。

胡老师有两个女儿，大红和二红。

胡老师不大爱讲话，有时批评同学，还没有出声自己倒是先脸红了。每次看到胡老师脸红，我就赶快将目光闪开了，担心他会难为情。

冬天的课间胡老师大多不回办公室，和我们一起站在教室的屋檐下晒太阳，还“挤钢叉”。所谓“挤钢叉”，就是我们都排排贴在墙壁上，两边儿的人使劲儿往中间挤，中间的人若是贴不住被挤了出来，就算输了。被挤出来的人通常会哈哈大笑着连蹦带跳重新贴到两边去，继续往中间挤。这样很好玩，关键是能取暖。

有时，我们不挤钢叉，只像小炕鸡儿偎着老母鸡那样，偎在胡老师身边，叽叽喳喳，问一些稀奇古怪的很不像样的问题，或三五成群，散落在胡老师不远处，头靠着头挨在一起，专注于一本小人书，或一只小甲虫之类，各自安详地，暖暖地晒着。胡老师的生活条件不好，和我们一样，衣服的肘处常有破洞。晒过太阳再回去上课时，我们常常坐在下面发笑，因为他肘处的破洞里已被调皮的小家伙塞进了小石子。胡老师早就熟知了我们那两下子，一点儿也不生气，只微微仰起脸，眯细了眼，憨憨放松一下表情，宽容地一笑，继续讲课。

学完汉语拼音，又学了一些汉字。胡老师说，你们都会写字了，以后有事情要写请假条，不会写的字就用汉语拼音代替，还教了我们写请假条的格式。我就记住了。有一天妈妈想要带我去参加一个亲戚的婚礼，我就在前一天下午写了张请假条给胡老师送过去。胡老师一副惊喜的样子，摸摸我的小脑袋说：真不简单呀。然后就把我的请假条送给每一位老师看，一脸的自豪和由衷的欢喜——尽管我把“新娘”的“娘”拼成了“náng”，把“请假”的“假”拼成了“jà”。有时我送作业本去办公室，胡老师也会特别把我的作业翻出来，与办公室的老师们一起品评，边看边指点着：“你看你看，这个‘奋斗’的‘斗’字写得多周正多大方！她才多小啊……”那情形，哪里像是看我的请假条、作业本，分明就是他自己得了大奖捧回的奖状。

有一天，胡老师教我们学习“的”，他边在黑板上边写边说，“de”有土也“地”，白勺“的”，双人“得”。今天我们学习的是白勺“的”。这个字是左右结构，左边是白米饭的“白”，右边是个勺子的“勺”。说着还顺手在黑板上画了一个木勺，然后在勺子的里面画了一粒米，说，呐，这就是盛饭用的勺子。以后你们还会学到的。我睁大眼睛，直直盯着那个勺子和那粒米，觉得太有意思了，一下子就记住了。

自从学了“的”字，我吃饭变得特别慢了。我总是拿着勺子，把它倾斜成四十五度的样子，一粒一粒地舀着米，或者一颗一颗挑着咸豆，持在手中，在那儿静静端详、琢磨，回忆胡老师画的那把勺子，越看越像，觉得简直妙极了：原来，学习认字和写字这么容易，很多汉字明明就是画出来的嘛！——我为我的“新发现”暗自兴奋着。

后来，再学习其他的汉字，我便默默在心里把它拆开，或者尝试着把它画成自己依据意思臆测出来的图案。自觉不自觉地，我用这样自创的或许并不规范甚至没有道理的方法，轻易而牢固地记住了很多常用的甚至冷僻的汉字。

我正用缓慢的节奏，近乎陶醉地，充分地，享受着每一个有趣的日子，忽然有一天，胡老师正在给我们上课，一位老师匆匆从教室门口闪过，对他递了个眼色，他的脸色陡地就变了，丢下手中的粉笔风似的抽身出了教室。扑——只听到双脚轻轻落地的声音——胡老师从教室旁边的矮墙上翻了出去。

他再也没有回来。

胡老师不在的那些日子里，我非常想念他。年幼的我尚不知何谓忧伤，只是常常没精打采的，对着那道矮墙发愣。一个小人儿，不声不响地支棱起耳朵，像只小雷达，暗暗搜索着关于胡老师的音信。大人们都不动声色。一切平静如常。好像胡老师从来都没有存在过，或者根本就不曾离开过。后来听父亲说，胡老师又为大红和二红生了一个弟弟。就为这，他轻轻一跃，翻过那道矮墙，翻出了教书生涯，也从此翻出了我快乐的童年。

许多年来，再未曾见。他的微笑，他的声音，像那时屋檐下的阳光，温暖，而又不胜辽远。

如今，他在哪里？过得可好？

今夜，字，落下来，开出一纸怀念。

2019 年 9 月 9 日

姚校长

小学三年级的时候，我们的校长姓姚，瘦高个儿，背有点驼，一笑起来嘴角的八字纹儿便一浪一浪荡开去。

他住在学校里。

那年，我们班的教室就在校长宿舍的隔壁。校长有个女儿，读初中。皮肤白皙，两条辫子又黑又粗又长。安静又腼腆，也住在学校里。我们都觉得她是学校里最好看的女孩子。每天早上我们经过姚校长的门前，姚校长都会对我们笑笑。有时他正在沉着脸批评女儿，转脸看见我们，就会融了一脸的霜色，努力浮出笑意。

早晨，校长会在老师还没有来的时候，到我们的教室里去转转，脚步很轻，脸色平和，也不大说什么。我们都很习惯，一点儿也不害怕，兀自大声读书。也时常会有男孩子隔着土砌的课桌对面站着，眉飞色舞，双手比画着小声交谈，校长看见了也绝不会疾言厉色。

校长说，三年级以上的同学可以来学校上晚自习。但是学校没有通电，高年级每个班可以提供一盏汽灯，中年级必须自带油灯。我们都很兴奋，回家第一件事就是自制油灯。我用一个雅霜的瓶子做了一盏小油灯，又找了一个漂亮的纸盒装进去。吃过晚饭，一家一家约，用我妈的话说，张郎等李郎，直把浓浓的暮色等成漆黑的夜幕，才三五成群，雀子似的叽叽喳喳在乡村静谧的小路上脆鸣。到了教室，还要兴味盎然地再聚谈一阵子。放学的时候，再一路欢声笑语回来。胆小的女孩子们被一个一个丢在各自的家门口，队伍便越来越小，最胆大的男孩子总是最后一个归家。每个晚上学了些什么一点印象都没了，多少年后，制作油灯、往返家校的过程倒是成了童年最生动的快乐和最鲜活的记忆。

晚自习时，校长也会来教室看我们，昏暗的灯光里，微微笑着，倒背着双手，踱着方步，一副闲适而欣慰的样子。

每个学期结束，都会开一次校会。全校的同学搬着小板凳，排着整齐的队伍集中到操场上，坐成方阵。每每这样的时刻，都是我最快乐的时候，因为在校会上我总会被点到名字，和其他几个小朋友一起到主席台前面站成一行，接受校长和教导主任颁发给我们的奖状和奖品。奖品很简单，铅笔，钢笔，本子，或者新华字典什么的，但我们都像获得了世界上最高的奖赏，脊背挺直，眼睛透亮，脸上熠熠放光。坐在下面的同学也会很真诚地送来掌声。看着我们一个个小模样，姚校长总会忍不住又将嘴角的八字纹荡开去，眼里脸上，满是欢喜。

我得到的最可爱的奖品是一支小钢笔。外表是个胖胖的玉米，碧绿的叶子包成笔套，黄灿灿的玉米棒子做成笔身，色彩鲜艳得有些夸张，躺在文具盒里，一副萌萌的样子。我舍不得用，一直没有吸墨水，只是随身带来带去，一个人闲下来的时候就悄悄掏出来玩赏。

校会上得来的那些“小花纸”、小奖品，像磁石，让我们觉得学校是个多么好的地方，上学是件多么开心的事。多少年后，那只黄绿相配的小钢笔，依然是牵引我童年记忆的最鲜亮的源头。

当然，想到它，也就会自然而然地想起我们的姚校长。

2014 年 2 月 24 日

生命里，那段自由生长的快乐时光

媒体的繁荣和竞争，信息的海量涌入甚至重复，让文字成为一种不折不扣的喧嚣。为了吸引眼球，多么离谱的标题都敢往外挂，每天打开互联网真让人大跌眼镜。很多政务公号也是附加了层层考核规则的，更让人心生疲倦和排斥。年前，看到各种新媒体的影响力也赫然贴出了排行榜。咋想起来的？——惊讶之余，一念感慨。

林清玄说："辣椒不需要和茄子比，辣椒只要自己够辣就好。"几年前的一次笔会上，九江学院的陈忠教授也曾语重心长地说："我们不要总想着把谁比下去、挤下去，用心把我们的刊物越办越好才是根本！"是的，"天行健，君子以自强不息。"尽心尽力，做好自己，足矣。只是放眼现实，哪一个领域可以决绝固守，而不致沦为竞技场、名利堆？

常感局促的心境下，尤其怀念这两句话，也非常怀念一段无关考核、没有攀比的快乐时光。

那是 2007 年。我应聘加入了连云港师专第一附属小学。进校不久，学校的网站为老师们开辟了一个自由玩耍的平台：成长博客。学校没有多提什么要求，只是告诉大家，"地"已经松好土了，可以开始种啦！于是，每天晚上，那些喜欢笔耕的老师便小蜜蜂一样忙碌起来，各自给自己取好了网名，注册登录，张罗起自己的个性小园。汪汪（汪燕），亮亮（杨守亮），云之舞（杜廷云），Melody（张晓英）……我们在各自的小园里晒教育随感，晒读书笔记，晒学生的作业，晒自己的教学创意，晒班级多彩的集体活动，晒自己的“文学”创作，讨论教学中遇到的问题，有时也显摆孩子们送给我们的小石子、小树叶、自制的小卡片……种完自家地，便东家西家地串门儿，遇见有共鸣的话题或者好作品，便会不吝“笔墨”，噼噼啪啪敲下一片热情洋溢的评论。清楚地记得，亮亮家的园子吸引了很多老师，不仅因为他的教育随笔生动有趣，还因为他晒的女儿的系列文学作品文笔优美、想象奇幻……不知道为什么，那时，老师们个个充满抒写的欲望，帖子都是那么自由灵动，似乎每个字都在熠熠闪光。每个安静的夜晚，一个个名字，星星一样在那片成长的园地上闪亮。没用多久，家长们也纷纷参与进来，有的甚至忍不住留下“长篇大论”的评语呢。连市局的领导也被我们这片火得的不行的成长园地吸引来了，常常兴味盎然地悄悄前来“视察”（当然，这一点是我们很久之后才知道的）。而汪汪，总是两眼放光，不停地挨家园子里“寻宝”，发现好作品就悄悄往教育纸媒上推荐……

在“种园”的同时，我发现学校里还有一个很好玩的地方——书友会。书友会很有亲和力，丝毫不排斥我这个外来客——汪汪很快把我领进去了。

书友会在汪汪的组织下，自由安排活动时间，书友们轮流担当主讲人，每期为大家推介一本好书，并在推介的过程中分享自己的读书感受。每次活动通知在学校公告栏里一张贴，大家都会在放学后准时奔赴书友活动室。担任主讲的老师也总是很开心很积极，就像盼到了一个节日，认真准备讲稿还觉得不过瘾，很多老师还精心制作了PPT。

如果谁有事没能来，第二天准能在成长博客里寻找到上传的讲稿和PPT。主讲人分享过后，会有一个互动交流的环节，这个环节也是最热烈最忘情的环节。大家会就交流内容展开讨论，分享自己感触至深的地方。记得有一次，我做主讲人，为大家推荐《窗边的小豆豆》。因为汪汪预告了交流内容，很多老师都提前了读了这本书，互动环节，茶酣耳热，每个人都深深醉进去了。活动结束了，还有一部分女老师意犹未尽，继续赖在书友室交谈着……从小豆豆说到学校教育，说到小林校长的理想与坚持；说到课堂教学，说到那些可爱又“可恨”的小豆豆们；说到家庭教育，说到独生的年代怎样做家长；直至说到日常生活，说到生活中的点点滴滴，酸甜苦辣，忧惧欣喜……一个个时而开心莞尔，时而热泪盈眶……那晚，我们走出书友室的时候，斜阳低垂，漫天霞光瑰丽而安谧，心，犹如余晖下的大海一样，温柔，辽阔，沉静而欢愉……

书友会常开展“共读一本书”活动。有一次，我们一起读的是意大利作家亚米契斯的《爱的教育》，汪汪自告奋勇，精选我们的读书随笔推荐给《北京教育》，有四位老师的随笔被刊发了，书友们都非常开心，称之为“收获之外的收获”。汪汪还从我的博客里选取了万余字的一组博文推荐刊发在了《北京教育》。

那时，没有人考核我们，没有人比较我们，我们各自也无意和别人攀比。

那时，没有人规定成长园地里什么可以种，什么不可以种；什么书可以读，什么书不可以读。我们爱写什么就写什么，我们读陶行知、蔡元培、苏霍姆林斯基，也读张爱玲、周作人、村上春树……

后来，汪汪成了特级教师。

后来，亮亮成了孩子们的明星。

后来，云之舞去了新建的苍梧小学。

后来，我离开了那儿去了市教育科学研究所。

…………

我们大多数人并没有获得世俗意义上的成功，但是我们各有各的好。不论大家都去了哪儿，始终不变的是，我们仍旧各自兴味盎然地读着，写着，教着，生动地活着……知堂老人说：“有些人种花聊以消遣，有些人种花志在卖钱，真种花者以种花为其生活。”那段读写时光，是我教师生涯里最快乐的一段时光，在那里，我结识了一群真种花者，度过了一段真种花的生活。

从来喜欢那些自然地、自由地、缓慢成长起来的人事物，总相信经过漫长时光的染煮而缓慢长大的一切，会更加结实有力。我不喜欢考核，不是不愿意吃苦，而是不想看到人在考核意志的风向下，湮灭了自己的方向，变成一只逐流而行的小舟。我不喜欢攀比和竞争，不是慵懒怠惰拒绝进步，而是不愿意看到在攀比和竞争中，人，因为压力和利益的驱使，狰狞得连自己都无法忠诚。

几年前，读到美国默克制药的缔造者乔治·默克的一句话：“应永远铭记，我们旨在救人，不在求利。如果记住这一点，我们绝不会没有利润，记得越清楚，利润越大。”那时我在一线教书，我把这个句子进行了改编：“应永远铭记，我们旨在教育，不在分数。如果记住这一点，我们绝不会没有分数，记得越清楚，分数越高。”

如今，作为一位教育微平台的编辑，每当我在各种纠结中平衡自持，这句话仍然给我很大的安慰和启示。它也恰是那段自由快乐的成长时光的有力印证和美好总结。

2016 年 3 月 20 日

有爱的春天，是美丽的春天

有爱的冬天，像春天。

有爱的春天，是美丽的春天。

我忘记这是哪位诗人说的了，不会是梅子自己说的吧？嘿。

越来越热爱生活、热爱生命了，尽管它存在着种种的不完美。

一直有一种莫名其妙却非常坚定的预感，总觉得自己这一生会是个极其幸运的人。细细想来，事实上，的确也是如此。常常莫名地，内心涌满淡淡欢喜。

我喜欢手边做着的每一项工作，我享受工作之余的每一寸时光，我喜欢路边每一棵树每一株草每一朵无名的小花，我静静地对每一个擦肩而过的人善意微笑……每天上班，从大门前经过，门卫师傅都会满面笑容地对我挥挥手，递来一声晴朗的问候，以致有天早晨一位碰巧和我同时进门的领导惊讶地说，你居然还享有这待遇？我可从来都没有享受过一次呢！哦，是吗？听这话不由红了脸，心里暗暗感激那些给我“特殊待遇”的善良人。

当然，最幸福的事，还是每个周末能和爱人、哥嫂一同驱车去乡间看娘。周末，是我们和娘的节日。

这个“五一”有点不同。哥嫂自驾去江南看儿子，爱人去镇江为自己投资的一个小项目处理一些事务，家里就剩下不会开车的我了，可是周末看娘早已成了我生活的惯性。吃过早饭，收拾停当，下楼去逛商场，买了水果，为娘添置了夏衣，径直去了客运站，独自乘车“逆流”奔往僻静的乡村。

下了车，遇见娘的一位老伙伴。她边陪我走，边乐呵呵地说，我刚还在你家呢，你妈又在洗洗涮涮，把锅盖刷得锃亮的。你有福气啊，看你妈的身体多好，快八十岁的人了，气色比我们都好，我比你妈可小十多岁呢……一路听着，应着，笑着，心里暗自欢喜。

到了家，娘的院门大敞着，洗好的衣服排成溜儿晾在绳上，在春日的阳光和微风里安闲地摇荡着。上一周刚鼓了芽的豆角已经放叶，四行小萝卜长得精神又水灵，每一株西红柿都挂了嫩黄的花，粉红的芍药当院怒放，淡紫的桐花落满半个庭院……正屋的门也敞着，只遮了一道纱门，隐约可以看到屋内的陈设。我进了院门儿就提高音量喊了声“妈”（娘耳朵背了，我的声音娘常常听不见），没人应。乡间的环境相对安全祥和，娘常常这样敞着门离开。我知道娘没有走远，就放心地看菜赏花去了。

其实娘不太喜欢养花，她更喜欢种菜。但娘说，这两株芍药是她的小儿媳移栽来的，她要好好照顾着，让它开得旺旺的。每次听娘这样说，我心里都酸酸的、软软的。每年花开，娘还让二哥拍图发到网上，希望远居几千里之外的小儿媳可以看到。今年春节，大哥从老家买了水仙带回远方，三月我给娘看大哥的水仙花图片，她端详了很久，然后惊讶地说，就是那些“蒜头”开的花？这么快就能开花吗？我说是呀。后来娘居然去集市上寻找那种“蒜头”，说也要养一盆。我说，下回我帮你买。我知道，娘不是想养花，娘是想念她的儿子了。

穿梭在娘的花花草草间，沉浸在娘朴素而温暖的气息里。在无数个这样的时刻，我常常希望从此赖在这里，就这样陪娘洗衣做饭养花种菜聊天看夕阳，阒寂的夜晚，伴着娘均匀的呼吸读书写字听音乐做不着边际的梦……和娘一起依偎着慢慢衰老……

娘知道这个假期孩子们都有事，没以为我会来。看到我，娘很惊喜。我和娘的饮食习惯是完全一致的：素食，简单，而且量少。我们不必为做饭忙乎，于是我们看花、聊天。

娘总说我不如嫂子好，嫂子很会陪娘拉家常，哄她开心。今天别人都不在，我像个小尾巴，娘走里我跟里，娘走外我跟外，我也很想表现好一点，尽了最大的努力，调动所有的记忆，竭力回想村里那些邻里的名字，配合娘的话题，陪娘说话，哄娘开心。

我不知道今天的我是不是很成功，但我想，娘一定能感觉得到自己的女儿多希望讨她欢心。

一直赖到太阳偏西，才去车站等车回城。

来往的路上，悠闲地读爱默生；到了乡间，全心全意陪娘；此刻，夜渐渐滑向深处，一边在灯下敲字，一边等着爱人回家。不紧不慢，也不曾有时间疾逝的焦虑感，一切都刚刚好。

灵子说，这个春天让人欢喜。

我说是的，生命在不断地深入，不断走向通透和美好。

心中有爱，有期许，每一个日子都是好日子。

2016 年 5 月 1 日

快乐，就是把花看开

对于饮食，一直热心不起来（这么不合情理的话，说出来自己都不能原谅自己）。

开心的时候，不用吃饭。难过的时候，吃不下饭。心情平淡的时候，无所谓吃不吃饭。青菜白粥，足可以养四季，甚至一世。

至于人情，亦大致如此。

我不应酬。说假话，和自己过不去。说真话，和时宜过不去。说废话，和时间过不去。当然，能够与我以精神击掌、以一笑会心的人，亦不在觥筹交错之间。况且，对于这个世界，我没有需要表白什么，也没有愿望证明什么。

一座小城，居住了几十年，与身边的人事物始保持着足够舒适的距离。很难与人好到“同袍”，好到“穿一条裤子”，即便唯一的茶友，也是三两个月才会小聚一次。陶然于自己清简的小世界，偶尔立于边缘，默默旁观一下缤纷的大世界。幸福着众生的幸福，柔软着众生的柔软。因此，对周遭的各种关系同样热络不起来。

有时想，一个人活在世上，不会放纵、不懂圆通实在是种缺陷。然而一切放纵与周旋都需要足够的心力和热情，无奈心淡，连设想一番都甚觉疲惫。只想善意而安静地活着。善待自己，也不妨碍他人。

张爱玲说，在没有人与人交接的场合，我充满了生命的欢悦。是的。我酷爱并享受着这样的欢悦和自由。大约，在生命有形与无形的空间里同样遵循着能量守恒定律，那些于一个领域中过剩的能量一定会在另一个领域中获得充分的释放：对于那些静默存在的物件或生命，我却充满着不竭的兴趣和热情——

每次到了娘那儿，除了绕在娘的左右听娘讲述各种陈年往事，便是陶醉于娘的院里院外：喜欢娘那些经年的坛坛罐罐，总会不辞辛苦一次次把它们搬到院外的杂草丛中、瓦砾堆中摆拍，制造岁月感和荒凉感；喜欢菜地里翻飞的小白蝶和隐蔽的菜青虫；喜欢巷口黑黑的原木下丛生的清新闪亮的绿藻；喜欢看脱了皮的墙壁，爬上勒脚的苔痕；喜欢看梧桐树宽大的黄叶在秋风中一张一张飘摇而下；喜欢看严冬寂寥的天空下静静伫立的秃楝树，房檐下参差悬挂的冰簪子……总会在寒风里，在骄阳下，在细雨中，专注而长久地看啊看，拍啊拍……毫不掩饰地坦白着一个都市丛林中长久的独行者对于自然的饥饿与回归。

当然，对于今时今日的我，最大的快乐莫过于把花看开。

我喜欢漫长的等待。每一株花，都愿意从种子养起。

我喜欢一有闲暇就趴在飘窗台上，对着各种花草，看啊看。我觉得她们这一分钟的样子和前一分钟真的不一样；白天的样子和夜晚的样子真的而不一样；被悉心爱着生长和寂寞冷落地生长，真的不一样；被作为生命来爱和养育，与作为装饰来摆设，真的不一样……

我偏爱用透明的器皿水培花草。每每静心对视，彼此的通透，都会让我都找到一种肝胆相照的磊落与快慰。

每一次注视，我都分明看到了花的快意与微笑。这，让我生出一种深深的感动和喜悦，也让我想起我的职业，想起“彻悟的觉者”克里希那穆提温暖的指引："如果喜欢花，就去当园丁。做自己喜欢的事，没有恐惧，没有比较，也没有野心，只有爱。"

…………

止庵说，闲适是一种忧伤。

三毛说，快乐和悲伤都是一种寂寞。

花开花谢之间，我把忧伤、寂寞都过成了闲适与快乐。

2017 年立春

生活的样子

从前的牙膏皮都是金属的，用到最后，你总会用小擀面杖从底部擀上来，然后将空的部分细细卷起来，尽量把牙膏用尽。

塑料管装的护肤品，挤不出来的时候，你通常会从中间剪断，接着用，每次用完将两段套紧，直到将管壁上附着的一层用干净。

洗衣液用到倒不出来的时候，你会用水反复涮几次，你说足可以再洗一次衣服。

夏天买西瓜，每一次卖瓜人结的拎瓜的网兜你都攒着，买瓜的时候，顺带捎给某个卖瓜人。省了材料，省了时间，也省去卖瓜人的辛苦。

你用水盆洗菜、洗碗。你说，即便多洗两遍，也比流水洗来得省。

你用抹布，不用厨房纸。你说，每撕一片，都能听到伐树的声音，心就会疼一下。

在食堂、公共卫生间洗手，你从来启用细小的水流。你说，同样的时长里，洗干净一双手，真的不需要哗啦哗啦的水量。

食堂里每天的午餐都是四个菜，米饭随意吃。你食量小，米饭按需取；不喜欢吃的菜，一定不要，喜欢吃的，也少要一点。尽管不少收钱。

每次买杂粮饼，你都会交代卖饼人，把饼做小一点，做薄一点。你说，吃不完扔掉太可惜。尽管不少付钱，但是买得心安，吃得心安。

单位卫生间里，最右首的那个马桶，冲水时间比其他的要长出一倍，你总会特意避开。

…………

一路走来，也曾很多次被人笑话“小气”。你不在乎，也不觉得丢人。你说，其实这无关大气和小气，即便使用免费资源你也从不浪费。

你从不放过任何一个机会，教育你的孩子和学生：珍惜每一粒米，每一滴水，每一度电……这同样也是一种责任和担当。即便将来你有很多钱，足以用黄金铸造浴池和马桶，也没有权力浪费人类资源——有些“富”从来和“贵”无关，有些财大气粗从来和“大气”无关。

在你的意识深处，任何一种浪费都是粗鲁和可耻的。

2019 年 12 月 5 日

最干净的美好

跨年夜的下午，买了三条新棉被，换洗了床单被罩。

因为先生有应酬，晚餐一个人吃。

小感冒，洗了热水澡，喝了滚烫的姜茶，早早躺下了。

醒来，已是 2017 年了。

阳光透过窗纱静静洒满卧室，阳台上传来先生抖晾衣服清脆的啪啪声。看看时间，竟已 9:00。绝对超过了婴儿的睡眠时长。真是极少有。

这，应该是我迎来本命年最好的方式了吧。

翻个身，伏在松软的枕头上，看着叠放在枕边的红内衣，红袜子，微微笑起来。

第一个本命年，还不知道什么叫作本命年，也没人为我过。

第二个本命年，儿子两岁，忙着工作，忙着照顾孩子，没有来得及回过神来，那一年就匆匆滑过去了。

第三个本命年，儿子慢慢长大，我也稍稍有了时间细细打量自己：额角晶亮，黑发如瀑，岁月正好。生命，仿佛刚刚醒来，与自己相视的一刹那，热泪盈眶。

今天，正式进入我的第四个本命年了。在孩子们眼中，妈妈应该已经老了吧。可每每牵着先生的衣袖走在大街上，或者绕在母亲的身边晒太阳、听陈年往事，常常觉得自己还是一个幸福的小女孩……

穿衣，起床。黑色的外套里，掩着红内衣，红袜子，就像揣在心里的欢喜。来到客厅，发现家中里里外外已经被笨笨的先生打扫得很干净了。许多年来，他很少做家务，我也从不让他碰家务，因为他每每动手，干的活都没有添的乱多。今天，为的是我的本命年吗？有点感动，有点感激。

据说，本命年是“犯太岁”的，会有各种不顺。不过，之前的三个似乎都没有感觉到。迎来这一年，我心仍旧坦然。——2016，我已经攒够了幸运和温暖。

坐在沙发上，刷朋友圈，看到各种新年的期许和祝福，我问自己，你有什么愿望？想了很久，对于外部世界，真的已没有任何期求。一直每逢寺院必进。早年，祈福多为自己。后来，祈福为自己，也为亲人爱人。再后来，祈福只为亲人爱人。如今，进寺院，只是平和安静地燃一炷香，低眉合十，却心无所企。

翻读花边阅读的推送文，遇到严歌苓的句子：“美好而没有希望，是最干净的美好。”心里的花瞬间开了，忍不住像个又憨又笨的狗熊，蜷成一团，在沙发里翻了一个跟头。本命年的第一天，遇到这样契心的句子，真是一个最美好的开始，也算作一种旧有的存在方式的继续。

这一天，窝在家里没有出门。细细整理居室的每一个细节，将看了一年的书重新细细归了类。

此刻，家中心中，一切井然，一尘不染。

日子来了，就安心地过。

2017 年 1 月 1 日

你心在哪儿？

1

花了22元钱，在网上买了四粒菩提子，还外赠了一粒未曾打磨的。

挑了两粒特别好看的，拿去玉石店里，花了190元配了两根儿挂绳，喜滋滋揣了回来。进了门，迫不及待地佩于胸前，对着镜子左顾右盼，眉眼含笑，得意得不行。先生一旁远观，一脸的匪夷所思，终于没忍住开了口：你到底取的是坠子，还是链子？重点在哪儿？完全一个拎不清。

其实，重点在哪儿，怎么能用钱多钱少来衡量。

心在哪儿，重点在就哪儿。

我心仪的，便是贵的、重的。其余的，哪怕千千万万人认为重要，在我这里不过都是陪衬。

2

我与先生是别人介绍认识的。

几个月后的一天，娘问我，他多大？我说不知道啊。

娘又问，他一个月拿多少钱（工资）？我说不知道啊。

娘再问，他家几口人？我憋了很久，说，我忘了问了。

娘终于忍不住有些怪我："那你恁长时间都谈些什么！"

其实，我只是一门心思想地知道，这是个怎样的人，我喜不喜欢他，我们合适吗，并未顾及其他，也没有想到其他。

当时，心，真的全在这个人本身了。

3

春节前夕的一个上午，只我一个人留守办公室。

正在编辑稿件，一位客人来访，言称给我们领导送本书。不巧的是，领导刚好出差了。访客说，刚通过电话，让找个人代收一下。然后问我：您能帮收一下吗？

我一听是书，不自禁地，心里一喜。收到书，多美的事，多好的事。况且我也一直很乐意买自己喜欢的书分享给书友。于是没多想，很爽快地就代收了。

事实上，我干了一件很蠢的事。我被善意取笑：你咋这么不敏感，也没看看是个啥时节？什么都不能代收！

一时间，我傻了。因为我的愚钝，造成的最直接的后果是：办公室费了好些周折，才把书原封不动地还了回去。

回到家里，沮丧地说于先生。

先生问我：你知道这人是谁吗？

我说他离开时告知了姓名和单位，可我只是礼貌地应着，并没有往心里去，就想，反正是领导的朋友，拿到书，他自然会知道是谁。

先生又问我：你打电话向领导确认了吗？

我说那人不是刚打过吗。关键是，不就一本书嘛。孔乙已都说了，偷书不算窃，况且是人家登门送来的。

先生叹气：说你什么好，这些年你心都长哪了？

2017年4月28日

第六辑

舐犊

有些秘密，可以永不揭穿

儿子小时候是个非常活泼又倔强的小孩儿。

因与先生两地工作，儿子一直跟着我，在我身边慢慢长大。工作疲累心浮气躁的时候，也会情不自禁对儿子扬起巴掌，小小的儿子常常一边跳着一边哭喊，命令我："快点停下来，不许打小孩！"

在他还住在妈妈肚子里的时候，就陪着妈妈练字、画画、读书，等到他会认一些简单汉字时就非常喜欢看那些插有彩图的故事书。上了小学之后，又迷上了一种叫《漫画》的杂志。每天从学校回到家里，除了写作业、玩车就是趴在那种杂志上，看得津津有味。有时双手托着个小脑袋对着画面静静出神，有时笑得像面条一样从椅子上滑进写字桌下面……他的演算纸上也常常会出现成群结队表情各异的小人儿。

儿子比同班的孩子小一岁，又加之学前没有提早学习写字和算术，所以除了语言表达，各种能力比别的孩子都相对弱些。作为儿子的语文老师，惊叹如今孩子入学水平的同时，不得不正视一个严峻的事实：儿子的起点太低了！我担心这黯淡的开端会让儿子的自信大为受挫，从此将自己定位在"差生"的行列而自甘平庸。我迫切地期待儿子能尽快缩短差距迎头赶上，便在回家之后控制了儿子玩耍的时间，严格督促他大声朗读，或用心练字。尤其令儿子伤怀的是，这一切挤掉了他看《漫画》的时间，并且我也不再允许他买《漫画》了。

事实上，儿子依然故我。不仅如此，还添了一个新的习惯：每天买一份《扬子晚报》，放学回家看完了晚报才动手写作业。我心里很焦急，但细想又觉得没有批评儿子的充分理由，就强忍着没有说话。

一天晚上，开完全校职工会，很晚才回到家里，那天正好也是先生返家的日子。身心俱疲地打开房门，换了鞋子径自走进儿子的卧室，看到儿子正聚精会神地看《扬子晚报》。我像所有的中国妈妈一样，劈头便问："作业写完了吗？"儿子头都没抬地回答："没。"校会上带回的压力，对儿子漫长人生未来的担忧，加之一整天的奔忙劳累，郁积多日的情绪终于一触即发。我呼一声拉开儿子写字桌对面的窗户，摘下儿子手中的报纸，刷一下扔出了窗外，然后"平静"地离开了儿子的卧室。

家里一片静寂。先生将我拉进卧室关上门，压低声音责备我："你这是干什么？孩子多好的习惯，你这样做合适吗？"心中汹涌的泪水夺眶而出，我愤怒地对先生低吼："是！我没有你懂！你知道怎么管孩子吗？你知道今天的孩子面临的是怎样激烈的竞争吗？你知道别人的孩子这会儿正在做什么吗？人家都在学奥数、上补习班！你儿子拿什么进实验中学！……"先生面对我连珠炮式的抢白和奔涌而下的泪水，沉重无语，一副揪心的样子。我坐在床边抹泪。转念间，满心无奈，默默起身下楼，在绵绵雨丝里将晚报捡了回来。我把潮湿的报纸送到儿子的书桌上，带着重重的鼻音低声对儿子说："妈妈态度不好，以后写完作业再看报纸。"儿子开始抽泣，一边低头写作业，一边噼里啪啦掉眼泪。

从那以后，儿子似乎很久都没有看《漫画》和读报纸了。每次回到家里我都看见儿子端端正正地坐在写字桌前做作业。看着儿子瘦瘦小小的背影，如同一只被收服了的小狮子乖乖伏在案前，我心中没有预期的欣慰，却常常有些酸楚，对自己那天的举动暗自愧疚。儿子每次听到投锁开门的声音，总会飞快掉过头对着我亲亲地一笑，叫一声“妈！”似乎那场来去迅疾的暴风雨早已忘到了九霄云外。只是儿子看书的方式发生了一些变化。儿子的床很低矮，四周都是封闭的，床沿离地面大约有四五公分的缝隙。儿子常常整个人横卧在床上，两只胳膊耷拉下来，把语文书放在地板上看，他说这样省力又舒服。每次走进儿子的房间，见他这样看书，总觉得哪儿不对劲儿，但也没有多想。有一天，我清洁整理儿子的房间，却意外地发现了一个惊人的秘密：儿子的床肚底下藏着好多报纸、漫画书！多日的疑问豁然开朗，原来他横卧在床上不是读语文书，而是将漫画书或报纸与语文书并列打开在地板上，听见我的脚步声，只需轻轻勾一下手指，漫画书或者报纸就会飞快而无声地滑进床肚底下去了。我霎时觉得大脑离奇地清醒和震惊。面对眼前的一大堆“宝贝”，那一刻我的内心风雨骤起五味杂陈：我让小小的儿子结结实实地给“糊弄”了！

我坐在地板上，努力地保持冷静，想：我该如何处理儿子这个盛满了宝贝的“秘密天堂”？将儿子像抓小鸡一样拎到这些“罪证”面前，让他无可遁形、哑口无言，然后恶狠狠地教训他一顿，将这些个宝贝统统没收，将这个小世界从此取缔？不不，这太残酷了！如今的孩子们起早睡晚，埋身于各种大试卷，穿梭于各种补习班、兴趣班，忙着为老师挣分数，为家长挣面子，为升学加分考级拿证，几乎完全失去了自己……如果连这床底下私藏的一点阳光和欢乐也被无情地扫荡，那孩子的生活还有什么巴望！想到这儿，骤然心痛不已。我拼命从这种假想里挣脱出来，飞快站在了儿子这一边。我真的很想拥有一位优秀的学生，但我更想拥有一个健康快乐的儿子！许多生活场景在脑海里再现，多么聪明可爱的儿子啊！也许就此毁掉这个小小的天堂，的确能够逼出高分，甚至一路将他逼进名校，可我不希望儿子成为只会读书做习题考高分的脆弱豆芽菜，人生征途中，他更需要搏击风雨的耐力，寻找阳光的能力！这床底下的秘密使我明白，善良而倔强的儿子已经以一个孩子的方式对妈妈的泪水和担忧妥协了，同时也在以一个孩子的方式在向成人的强大和霸道不屈地抗争着，他正在一个并不宽适的空间里调试体位，努力地寻找着属于自己的阳光和快乐。

权衡之下，我心软了，设法将那些宝贝逐一放回原处。我只想以不知的方式，给儿子的心灵留一小片自由明媚的天堂，也成为儿子自我节制的一种折中的方式。

随着年龄的增长，儿子小天堂里的读物也在不断丰富着：《体育天地》《杂文选刊》《南风窗》《特别关注》《思维与智慧》《意林》《青年文摘》……甚至接触到了韩寒、特立独行的王小波……它们在准确地告知我儿子的心智长到了多大。有时我甚至暗自得意：儿子简直生来就是个了不起的男人！

高考之前，“百日誓师”之后，我常常以省电“借光”为由极其自然地与儿子同室看书备课，其实只是担心儿子课业之外阅读太迟，影响睡眠和健康，委婉地控制了儿子“秘密天堂”的活动频率。

现在儿子已是一个大二的阳光男孩了，每次节假日给他打电话问他在干吗，他大多会回答：“在图书馆！”然后再调皮地追加一句：“别太幸福，我是来借空调的！”寒暑假，有时带儿子一起出去旅行，途中总能看见儿子从包里掏出一两本书来随手翻看……当年因为对儿子的不忍与妥协，逼迫自己以一颗并不坚定的心，战战兢兢地与时代保持了一小段距离，在完全做好了承受失败的打击时，却万分欣喜地发现，当我们离强烈的功利心远一点点，孩子离全面健康的发展就近了一大步！也许，儿子至今都在为自己的秘密天堂没有被妈妈发现而暗自得意着，其实，他不知，妈妈也正为自己当年没有冲动地毁坏儿子的秘密天堂而暗自庆幸着呢！

2010 年 12 月

“普通人”的责任

在我和儿子之间，一直延续着一场旷日持久的温情战争。

儿子小曦进入四年级以来，随着识字量的迅速增长，他对报纸和课外书越发着了魔似的，一有时间就叮了上去。这段日子，动画片和《动物世界》也看得凶，课上听讲常常溜号，作业也明显马虎了很多。更有甚者，一天居然在日记中写道：

中午，我那位亲爱的二舅说,《哈利·波特》丛书是最不能看的。我大气（注：非常生气）！我最爱看《哈利·波特》了，这么好的书居然说不能看，小样儿！没眼光，没水平，无组织，无纪律，还是个党员呢，还是个老师呢，太不了解小孩儿，太赶不上丛书的潮流！驴！

读着这些句子，儿子那副张狂又不屑的恨恨的小模样儿，立时活现在我眼前，真是又好气又好笑。

在校，我是他的班主任，在家，我是他的妈妈，所有这些“蛛丝马迹”，当然都逃不过我的“火眼金睛”。我一边暗自在心里谋划着斗争的策略，一边寻找进攻的时机。

星期天的上午，“那位亲爱的二舅”又来。儿子仍旧像蚂蚁恋着蜜糖，粘在《哈利·波特与魔法石》上不肯出来。

“亲爱的二舅”千呼万唤，连拖带拽，才勉强把小曦从卧室里给弄了出来。我一边在厨房和客厅之间穿梭，一边支棱着耳朵，听小曦和舅舅有一搭没一搭地聊着。

舅舅问：“小曦，跟舅舅说说，长大了想做一个什么样的人？”

过了一会儿，小曦压低声音对舅舅说：“我就想做个普通人……”

我愣了一下，与我预料（或者说期待）的答案大相径庭，不自觉地停下手中的家务，站在厨房里出神。回想儿子近来的极度自由和对功课的懈怠，我知道，这小子把“普通人”看得太简单了。这么想着，对于如何与儿子“交锋”，我心里似乎有点儿谱了。

每到双休日，先生都会从工作地赶回来，这是我们一家团圆的时候。

晚饭后，依照惯例，我们一起出去散步。边走边拉开话题。

我问先生：“在你眼里，哪些人是非比寻常的人？”

先生想了想说：“鲁迅啊，胡适啊，蔡元培啊……”

我说，在我眼里最了不起的人就是周恩来了，一流的帅气，一流的才气，一流的人品……然后，我自然地转向儿子：“儿子，你觉得哪些人是了不起的人？”

儿子来劲儿了，开始滔滔不绝：“罗琳，我喜欢她写的《哈利·波特》；赵忠祥，他主持的《动物世界》《人与自然》我最爱看；颜真卿，我喜欢临他写的字；霍金，坐在轮椅上，只有两根儿手指可以活动，可是他写成了《时间简史》，是世界上最伟大的科学家……”

我接住儿子的话茬儿：“嗯，儿子你看，我们喜欢的罗琳、赵忠祥、霍金、鲁迅、蔡元培、周恩来……他们都有很多过人之处和骄人的成绩，的确都是相当了不起的人。和他们相比，你觉得爸爸妈妈应该是那种极其普通的人了吧？”

儿子说：“那当然啦，何止是普通，简直是太普通了！”

“对呀，爸爸妈妈，舅舅舅妈，叔叔伯伯，爷爷奶奶，外公外婆，他们或者是教师，或者是工人，或者是农民，或者是国家公务人员，全都是普普通通的人。世界上伟大的人、了不起的人，毕竟是少数，更是这许许多多的普通人构成了整个庞大的世界。”我顺流而下，站在儿子的立场做了个总结。

儿子不知不觉进了我的“埋伏圈”。我继续诱导儿子深入话题：“这些人里，你和妈妈离得最近：每天和妈妈一起起床，一起进校门，一起上课，晚上我们一起学习，你应该是最了解妈妈的了，你觉得妈妈工作够认真吗？”

“嗯！”儿子使劲儿点点头。

“够辛苦吗？”

“嗯嗯！”儿子又使劲儿点点头。

“是呀。妈妈也很爱读书，你是知道的，可是妈妈不能只去痴迷自己喜欢的书，不能忘记自己首先是个老师，要先尽好老师的责任，才能保证你和同学们更好地学习和成长，就像农民先要管理好庄稼，才能安心到大树下乘凉，到屋子里看电视。只有每个普通人都努力尽好自己的职责，这个社会才能正常地向前发展。儿子，你明白？”

“明白了。妈妈，我知道你想说什么了。我错了，我知道以后该怎么做了。”儿子终于恍然大悟。最喜儿子的清澈透明，心口如一，从不耍赖。

先生伸手搔搔儿子的短发，温和地说：“儿子，喜欢看电视读课外书，没有错，但是要先尽一个学生的职责；理想做一个普通人也没有错，但是，普通人并不是不重要的人，也不是自由任性、不负责任的人，更不是对社会没有用的人。”

“爸爸，我懂了，我记住了。”儿子心悦诚服。

嘿嘿，又归顺了！

灯影里，我用力捏了捏先生的手，在心中大喜，面上，却老谋深算，硬是若无其事，未动声色。

2013 年 8 月 18 日

他们会结婚吗？

四年级的中途，沈一眉转学了，去了另一座城市的一家私立学校。听说那里的学习和生活条件都挺“贵族”的，寄宿制，孩子的学习也不大需要家长烦心。

我忽然少了一个学生，就像不小心丢了什么，心里时隐时现着一股莫名的失落。也是为一眉的父母亲。我一直觉得，没有孩子在旁，不能及时地分担孩子的困难和烦恼，分享孩子的进步和喜悦，伴孩子一同跨过成长途中的沟沟坎坎，那是一种不完整的人生。

儿子比同班的孩子小一岁，对很多事情的反应似乎总是迟钝了半个节拍。他对沈一眉的离开似乎没有太大的反应，只是偶尔会在吃饭的时候或是晚上写日记的时候跑过来和我聊几句相关的话，没过多久也就不再念叨了。繁忙的工作也慢慢冲淡了我对这孩子的念想。

一转眼，孩子们期末测试已经完成，就等着领取《素质报告书》宣布放暑假了。真是快啊，一个学期又要结束了。

登分，评选“三好学生”，接待陆续来访的家长，开各种大大小小的临时会议，学期终结阶段的各种先进选举，还有六十四本《素质报告书》等着填写……真的忙得像个飞转的陀螺。我没有闲暇关注儿子这两天在自己的小世界里都捣鼓些什么，也从内心深处有心想放纵一下这个顽皮又可爱的倔小子。

晚饭的时候，努力拂去一脸的疲惫，轻松而平和地与儿子对面而坐，共进晚餐。

儿子吃得不太认真，有点儿走神，拿筷子漫不经心地轻轻点着碗边儿。

我伸长脖子，夸张地凑近儿子的脸："王小曦先生，在想什么？"

儿子眼睛亮了一下，似乎来了劲头儿："妈妈，沈一眉回来了，你知道吗？"

我摇了摇头。

儿子继续说："她今天下午来我们学校了。丁丁还和她在操场上一起打球了。他们玩到很晚才回家呢。"

"哦？是吗？"我摆出一副很感兴趣的样子，我知道儿子一定还有更重要的话需要对我说。

"我们班同学都说，沈一眉和丁丁相爱了。"儿子一副神往的天真模样和"相爱"这个词儿都让我想哈哈大笑，但是我终于还是憋住了。

我故作轻松地说："哦。那叫喜欢，不叫相爱。你们现在还小呢，还不懂什么是爱，也还不会爱。"

儿子忽然很不屑："妈妈，拉倒吧你，你太小瞧我们了。我们现在都长大了，我们都懂。"

哈哈！我终于笑起来了："好好，那你说说，怎样算是爱呢？"

儿子便竭力对我证实他的"懂"："沈一眉回来了，丁丁请她吃德克士了；丁丁进了球，沈一眉就为他鼓掌加油，为他自豪；还有，就像动画片里那样，公主和王子相爱了，他们就会得一种'热病'，就会脸红，心里还会咕噜咕噜冒出很多泡泡来……王子就会保护公主，然后，他们就会结婚。”临了，儿子还特别强调，他亲眼看见沈一眉和丁丁都脸红了。

“嗯，有点对。但是‘相爱’不完全是这样的。你长大了就会慢慢明白的。”我有点想画句号。

“妈妈，你说沈一眉和丁丁会结婚吗？”儿子并不打算就此终止对“相爱”的继续探讨。

说实在的，我一点也没有想到小小的儿子会和我探讨这样的问题，一时竟不知道用什么样的语言对一个在小县城里长大的四年级孩子说清楚，“相爱”是一种多么圣洁而美好的精神活动。

我想了想，很真诚也很坦白地对儿子说：“这个，妈妈可说不准。他们会慢慢长大，喜欢的标准也会改变的，以后也许他们各自都会喜欢上不同的人呢。如果他们上了中学、上了大学、走上工作岗位还继续喜欢着对方，那他们可能就是真的相爱了，也许就会结婚了吧。”

“哦……”儿子慢慢点着头，若有所思状，似乎对这个“结果”比较满意。

“你也有自己喜欢的女同学吗？嗯……让我猜猜是谁？”我笑了，觉得儿子好可爱，于是逗他一下。

“那当然！……先别说先别说！”儿子立刻摆出一副很男人的样子，得意地放下筷子，飞快跑回卧室拿来笔和两张便笺纸，说，“写下来！写下来！”

我写下了班上长得最好看、学习成绩最好的女孩子的名字：朱夕。两张便笺纸摆在一起，儿子深吸一口气，瞪大眼睛大呼小叫：“妈妈，你怎么知道？”嘿嘿，我那叫一个得意，我是谁？你老妈诶！

儿子有点不自信：“妈妈，你说夕夕会不会喜欢我？”我说：“那得看你自己啦，如果你也能像她一样努力，学习成绩棒棒的，字写得一流地漂亮，对同学一样的友好善良，凡事大方谦让，做一个很有风度的男子汉，我想，她应该会喜欢你的！”说完，我向儿子扬了扬下巴，眯细了一下眼睛，狡黠一笑。

儿子有点兴奋：“真的？”“那当然！如果你做得足够好，说不准你们长大了也可以结婚呢！妈妈帮你一起努力！”我俩一起秘密地笑了笑，算是就此定下了一个没有文字的盟约。

那晚，我和儿子都异常开心。我写完厚厚一摞《素质报告书》的时候，连小虫儿都睡着了。悄悄来到儿子的床前，但见儿子睡容萌酣，舒展的眉宇间袒露着一个孩子心中藏不住的快乐和满足。

俯视儿子的小模样，心中无比安慰。感谢人生路上儿子带给我精神的富足和快乐。不论多苦多累，我都愿意陪着他一起长大。我决意要收集生命中的点点滴滴，让儿子在成长的道路上一点一点地懂得，“相爱”，是一件多么美好的事，不论母子之间，爱人之间，还是所有的，人与人之间。我也多么希望每一位老师和每一双父母能够懂得，孩子之间的“相爱”，本就清澈而纯真，开出什么样的花，结出什么样的果子，关键在于，这粒种子如何种下去，如何滋育它。

2013 年 8 月 16 日

长得高，因为妈妈选的鞋

儿子从小是个酷爱运动的小孩，因此，鞋子就显得尤为重要。为了减少运动损伤，我为儿子选鞋总是格外地用心，力求可脚，轻便，透气，材质上好。儿子偏偏又如阳光雨露里的竹笋，一个劲儿疯长，鞋子一茬一茬地跟不上换，为此，光是儿子的鞋，就是一笔不小的开销。

我和先生都来自农村，虽然在城里生活了很多年，依然奉行老辈的勤俭节约。因为担心儿子养成浪费、攀比的不良习惯，每次给儿子换新的鞋子都要告诉他，鞋子是从小商城买来的仿制品，舒适、美观，却是十分经济呢。大约因为男孩子比较粗心，他似乎从没有怀疑过。

儿子渐渐长大，升入了实验中学，更喜欢运动了，篮球、足球、排球、中长跑，每天都像一条撒欢儿的鱼，畅游在奔跑的人群里。每天吃饭的时候，他总是滔滔不绝地讲，他对运动的痴迷不断地侵略着我的认知领域，以致后来连我这个从不爱运动的人，居然也认识了乔治•迈肯，认识了乔丹、科比、张伯伦，知道了何谓 NBA 历史上的“绿色王朝”，知道了当年的破竹筐游戏，如何成长为一个庞大的经济王国……每次洗衣服帮儿子晾袜子，我常常举起来对着斜阳望，袜底儿总像一张细密的蛛网——面纱都磨光了，只剩下了底纱了。望着，想着，不自禁地，就笑了，就醉了。

儿子的鞋子换得越发勤了，我也越发注重鞋子的品质了。

实验中学有住校生，儿子有时在学校的食堂里吃午饭，吃过了就到宿舍里和好朋友一起午休。

一次，我为儿子买了双新阿迪，一如既往地对儿子说了谎。几天后的一个晚上，儿子兴冲冲地回到家，进门就得意地大呼小叫："妈，我们同学都夸你太会买东西了！今天中午我在学校宿舍午睡，张超居然有一双和我一模一样的鞋子，他那双可是正品，好几百呢！我说我的这双是你从小商品市场买的仿制品，不过我这双一样的舒服！他们都说要请你每人代买一双呢！妈妈，你在哪家买的呀？……"

啊？我愣了，这份殊荣可真是我没想到的。"这……"我一时语塞，不约而同地与先生对视：完了完了，露馅儿了！看来是瞒不过去了，只好对儿子说："其实……你这一双也是正品，偶尔为你买双好一点的，怕你舍不得穿呢。"儿子惊得半天合不上嘴巴，换下鞋子看了又看，摸了又摸。

时隔不久，下了一场雨。我正在厨房里忙活，听到敲门声，心里纳闷儿，爷儿俩都有钥匙的。开门一看，惊呆了：只见儿子一手拎着书包，一手提着鞋子，赤脚站在门外。儿子像一只机灵的小猴子，我还没回过神儿，他就连蹦带跳从半掩的门缝里窜了进来。四月的天气，尚是乍暖。看到儿子打着赤脚，我气急败坏："疯了你啊，满街的污水多脏多冷啊，会冰坏的！"儿子一脸的朝气和稚气，顽皮地笑着，一边抖着衣服上的水珠："妈妈，这是你为我买的最好的一双鞋，我可舍不得泡水呢！"想想我小时生活那么苦，都没有打过赤脚，眼前儿子的举动真的让我吃惊不已、心疼不已。

晚上，我坐下来和儿子郑重地聊了一次。我告诉儿子：

人每天都要走路，走得快不快，走得远不远，走得舒不舒心，很大程度决定于鞋子。所有的衣物用品里，妈妈觉得鞋子是最重要的。你的每一双鞋都是妈妈精心挑选的，一个处在发育期又十分爱运动的孩子，尤其需要设计科学合理的鞋子。其次，你的每一件贴身内衣也是妈妈用心挑选的，棉质内衣吸汗舒适，对皮肤刺激小。这些，讲究一点都是需要。以前妈妈没有告诉你，是担心你养成花钱大手大脚的坏习惯和攀比、虚荣的不良心理。从小到大，你那些外套衣裤、书包等等，倒真的都是从小商品城里淘来的，简单大方、经济耐用是标准……一个人节约每一滴水，每一度电，每一粒粮食，不是因为他吝啬费用；一个人选择什么品牌的衣饰、什么价位的交通工具，也并不标志着他的身份与收入水平……以什么样的方式生活，不过取决于一个人对生命和生活的理解深度与认识层次，取决于他对人类的悲悯心与责任感罢了。总之，一切根据需要消费，不攀比，不虚荣，任何时候都不做不必要的浪费。

现在儿子已经长成身高 184 厘米的大男生了，真诚朴素、稳重内敛，不慕虚荣。他常常和同学、朋友开玩笑："你们知道吗，乔丹长得高，是因为妈妈夜间偷偷在他的鞋子里撒了盐；我能长这么高，全靠我妈选的鞋呢。"

2013 年 7 月 9 日

适宜的才是最好的

儿子六岁那年暑假，恰逢小学学制“五改六”的第一年。我觉得这样7岁上学未免有些迟了，于是便心切地将儿子直接从幼儿园中班拉过来上一年级了，他成了我班上年龄偏小的三个孩子之一。

儿子上小学之前，一直像大田里的一株植物，以正常的速度自由地生长着的。我没有提前教他读写和算数，真正是一张白纸而来。

入学后，他还不会写阿拉伯数字1到10，把“9”的“豆芽头”歪在了另一边，把“10”写成“01”；我让他数教室后窗栅栏里的一溜花盆，他硬是数不到15。数学老师笑着把儿子的作业本送给我看，我自己也忍俊不禁。到了晚上，他的小手软软地握着铅笔，把拼音字母写得比他自己还幼稚。有时，干脆把铅笔塞到外婆手里：“外婆，你替我写呗！”我清楚地意识到了事态的“严重”，却硬撑着不肯改变自己的教育理念。在整个小学阶段，我与先生始终顶着巨大的压力，没忍心将儿子抛入“奥数热”的洪流，除了给儿子修了一项软笔书法，没有逼他参加之外的任何辅导班。

就在这样的情况下，儿子以超过分数线0.5分的成绩赖巴巴地考上了实验中学。说实在的，得到成绩单的时候，我和先生已经是千恩万谢了。

我希望进入中学以后，儿子能有一个更好的学习环境，于是提前拜托熟人帮儿子挑一个好班。其实，我所理解的“好班”的标准是：教师的教育理念更科学、更前卫一些，对孩子的教育方式更人文、更上心一些，能在成绩之外更多关注内在心灵的成长与基本素质的培养。开学之后，儿子被分在了全校公认的最好班级：实验中学里的实验班，实验班里的顶尖班。

当时，我心有隐忧，怕儿子起点低，跟不上班。但转念一想：“蓬生麻中不扶而直”，一个优秀的环境对儿子或许会是一种极好的促进呢。于是就放心地带着儿子报到入班了。

儿子从来是个阳光的乐天分子，每天看漫画，读报纸，又跑又跳，走路都哼哼唧唧唱着歌。但入学之后，儿子慢慢沉默了，各种消磨在个人爱好上的时间明显压缩了，埋头写作业的时间变得多起来，离从前那个猴子一样机灵活脱的男孩子越来越远了。我觉得有点怪怪的，窃以为男孩子读了初中都会变得“深沉”一些。到了期中考试前一天，儿子突然高烧了，我连连安慰：“不要紧，幸好不是大考！”考试的几天里，儿子走路都晃晃悠悠的，但考试成绩比入学成绩还是前进了一大步。我却笑不出来。

一个学期很快就要过完了，期末考试又要到了。儿子瘦了好多。考试那天早晨，我精心准备了早餐。可是儿子吃过早饭，刚离开餐桌就冲进卫生间全吐了出来。我慌了，忙去摸摸儿子的脑门儿，好烫啊！——又发烧了！我说咱不去考试了，都这样了，还是留在家里休息吧。儿子不肯，坚持要去参加。探身出门，目送儿子瘦瘦长长的身影晃晃荡荡消失在楼道的拐弯处，内心禁不住直往下坠。

一个学期过去了，儿子的成绩居然已是年级中游了，但他仍然是班级的尾巴。凭着儿子过往的自由生活与入学成绩，其实我们打深心里没有过高的期待，仅仅希望他拥有一个好的学习环境而已。我们一再地制造轻松氛围与儿子聊天，企图给他减压，但都没能成功。第二个学期的期中考试儿子照例又病了。我至今无法科学地解释这情状，但我深知这实在不能再归为巧合了。我强作的镇定和自我安慰终于彻底崩溃了。

儿子越发沉默了。我知道我必须和儿子一起直面问题了。一天晚上，十点都过了，儿子还在默默做习题。我来到儿子身边，轻轻摘下他的笔，合上他的书。说，睡吧，太晚了。儿子急忙抢过书，边又径自翻开，边说："不行！妈妈，你不知道，我每天坐在教室里看 1 页书，感觉他们早已哗哗看过 20 页了。我怎么努力都赶不上他们……"儿子的话像锤子，字字皆是落于我心的闷闷重击。刹那间喉头一紧，鼻子一酸，哽咽了。我忽然意识到，孩子每天都生活在多么紧张的心情里和沉重的压力下。相对于他的自身条件，我为他挑选的环境实在太好了，甚至是太强了。这无异置之于湍流，使他承受着强烈的冲击，无法找到并立足属于自己的那一小片有风有云有阳光的快乐天地，而显得如此无力又无助。

那一刻，无比心疼。

我强行合上儿子的书，果断地说："儿子，睡觉！追不上咱就不追。你还像从前那样，自己愿怎么学就怎么学，妈妈一定不怪你。"儿子瞬间抹泪了。

初二开学那天，九月的阳光依然傲烈，我拥挤在熙熙攘攘的家长里，在实验中学的教学楼和办公楼之间穿梭奔走，帮儿子办理转班手续！——我铁了心，毅然将儿子从那个"尖子班"里调出来，转入了一个成绩平平的普通班。很多送孩子入学的熟人和朋友，都像看外星人那样用惊诧的眼光看着我。一位关系亲近的朋友干脆将捏着转班手续的我，从人群里拽出来，作痛心疾首状："你疯了吧？脑子进水啦？你知不知道，多少人求爹爹拜奶奶都进不了那个班的……"不不。我什么都听不进去了。每每想起儿子的发烧生病的样子，想起儿子那天晚上的话，我便什么都顾不得了。我必须首先拥有一个快乐的儿子！如果没有快乐，所谓的"优秀"又有多少意义？我毫不怀疑，朋友可以瞬间摆出足够多的名家名言和"环境影响论"有力地驳倒我，但我更加深信，每一个孩子的成长都是独一无二的案例，教育孩子从来没有现成的理论、固定的程式可供直接"拿来"，所有最有效的教育方式无不来自对孩子内在情感需求的密切关注和对孩子客观现状的正确认识与理性分析。

儿子终于恢复了"普通学生"的身份，重又回到了植物的生长状态。球场上，有了儿子奔跑腾挪的洒脱；夕阳里，有了儿子饭后散步的身影；书桌前，又可以听到他看漫画发出的开心笑声；餐桌上，又可以听到他与老爸谈论时事、武器、名车名表……他在适合自己的环境里，快乐成长，自由舒展，慢慢优秀。

初中毕业后，儿子以中等成绩进入高中，三年之后，顺利进入了理想的大学。如今，儿子已经成为一位年轻优秀的国家公务人员了。

从那时起，儿子的成长历程告诉我：对孩子而言，适宜的环境，才是最好的环境。

而我们所需要的，不过是一颗善于等待的心。

2015年8月13日

儿子，不说“偷”

学校通知，三年级部下午集体去剧院看电影。校园广播消息一出，孩子们即刻集体欢呼。

欢呼过后，孩子们照例三五一堆儿，叽叽咕咕，秘密谋划着“夹带”哪些好吃的。嘿嘿，小把戏！我一旁看着，心中得意，暗自发笑。

儿子小曦也在我的班上。素来小猴一样机灵活脱的小曦，这次竟没有伸长细细的小脖子去扎堆儿，只安静地坐在位子上，若有所思。我没来得及多想，就被往外涌的学生裹出了教室。

为了赶批孩子们前一天的日记，中午我和儿子在学校附近吃了点快餐，便各自做事了。

午后，整个级部的孩子排着整齐的队伍向影剧院进发。看着他们个个满脸喜色，雄赳赳地背着他们的“小秘密”，我猛然想起，这个中午我只顾着忙了，竟忘了为儿子备点零食了。

入场后，儿子没有像往常那样挨坐在我旁边，而是和其他孩子一起，坐在了我前排偏右的位置上。拉开包包的夹层，嗯，有钱。也许儿子中途会借着去卫生间的当口，向我要点零花钱吧？这么想着，我就和孩子们一起沉入影片的童趣中去了。

孩子们不时爆发出欢快的笑声，甚至前仰后合，手舞足蹈，可我每每瞥见的，都是儿子端端正正的背影。两个多小时里，他没有向我报告请求去卫生间，没有分享左右同学的零食，也没有来向我讨要零花钱，在欢实的孩子们中间，他瘦瘦小小的样子显得异常安静。我心里竟有些不安了。

电影在孩子们的欢呼声中结束了，各班依次退场。很快的，孩子们陆续被家长接回去了。低头看看儿子，他默默站在我身边，一只小手揣在裤兜里，神思恍惚，又惴惴不安。我蹲下来，将儿子的另一只小手托进自己的大手里，柔声低问："儿子，怎么了，有人欺负你了？"儿子低头不语，我继续用探询的眼神看着他，并轻轻抖了抖他的小手。"哇——"儿子突然号啕大哭，将裤兜里的那只小手抽出来，举到我面前，慢慢展开紧攥的小拳头。我惊呆了：一张卷成卷儿、攥得汗湿的100元！他嘴巴咧得像个小瓢："妈妈，我错了，我偷了你的钱……"

哦！我豁然醒悟：是这100元钱，把小小的儿子累坏了！

骤然间，感动又心疼。尤其从儿子口中哭出的那个"偷"字，一下子刺疼了我的心。为师整整10年，我还从没有对一个孩子用过这个字，即便有的学生的的确确私自拿了别人的东西，我也从不忍心以"偷"来定义和定性一个孩子的行为：这个字太重了，一个稚嫩无邪的孩子怎能担得起？！更何况眼前的这个孩子是我的儿子。我一边抹着儿子奔涌的泪水，一边力图解除他内心的负担："小傻瓜，你拿的是妈妈的钱，怎么能算偷呢？孩子拿妈妈的东西、用妈妈的钱都是理所当然的。爸爸妈妈和小孩，组成一个家，家里的东西爸爸妈妈可以用，小孩子当然也可以用啦！不哭不哭……"

儿子在我的劝慰下慢慢平静下来。他抽抽搭搭告诉我，本来只想拿一个小一点的钱为自己买些小零食，可是妈妈的包包里没有小钱了，犹犹豫豫慌慌张张中，还是抽出了一张。拿出来之后，心里又很害怕，怕妈妈发现了会批评，从此把自己当成一个坏孩子了；又担心把钱弄丢了太可惜，妈妈工作很辛苦。结果一个下午又害怕又后悔，零食没买成不说，连电影也没有心思看了。听了儿子的“交代”，我欣慰地笑了，握着他小手拉到近前，温和地说：“儿子，你是个诚实懂事的好孩子。你能把钱主动还给妈妈，知错就改，妈妈更喜欢你了。另外，记住，小孩子拿妈妈的东西，尽管不好，但这不是偷，不要轻易把‘偷’字用在自己或者其他同学身上。”

儿子羞愧地点点头。

斜阳里，牵着儿子的小手走在回家的路上。想想过往，自我检讨：自儿子入学以来，一直认为，我就在儿子身边，他用钱可以随时向我要，所以一直没有给过他可以随时支配的零花钱。儿子一天天大了，有了自己的小计划和小需求，也不太好意思随时去办公室向我要钱，可是之前我却一点儿也没意识到。

我和儿子约定，以后妈妈按月给他零花钱，自主计划使用，用不完存下来算自己的。需要买书或其他大的东西可以另外求助妈妈，只要是合理要求，妈妈都会应允。万一来不及和妈妈商量，拿了妈妈的钱，不论是大钱小钱，事后都要和妈妈说一声，妈妈和孩子要互相尊重。儿子终于如释重负。

晚上，把儿子安顿睡了，自己却久久不能入眠。如何引导儿子正确使用零花钱的问题，突然如同一只小海豹，破水而出，赫然跃上平静的心湖。

2014 年 4 月 14 日

像教别人的孩子那样

在我和儿子之间，有一段往事，就像被选择性地遗忘了一样，避讳提起。

我不知道，儿子为什么始终对那段往事保持缄默，连日记、作文里写妈妈也都绝对地绕开了，从没有对我的恶劣行为进行过任何口诛笔伐。可我知道，自己是因为愧疚，一直羞于触及和面对。

儿子读一年级那年，出于私心，我申请回头接新生，以期和他同步前进。一直听“过来”的同事讲，自己的孩子最好不要放在自己的班上，并以种种弊端和痛心的亲历警示我，万不可重蹈覆辙。对此，我当然是不能掉以轻心的。于是我请求学校把儿子安置在同事的班上。可是由于儿子是提前一年入学的，他像一只还没有长硬挣的小羊羔，总是有些胆怯地亲亲地腻着我。每次我把他送到同事的班上，他就会一掉头又尾随着我跟了回来。没办法，最后只好放在自己的班上了。

随之而来的是，“过来人”的种种痛心疾首果真都在我这里慢慢得到了验证：全班 54 位小朋友，我总是无意之中用 53 位小朋友的优点比了儿子的缺点；班级整体的读写能力是我的骄傲，可是儿子不在最优秀的那一拨里；上课时，每每遇到带有挑战性的问题，别的孩子答得让我忍不住赞叹，儿子却常常风马牛不相及扯得离谱……他不懂得嫉妒，没有任何竞争的意识，没有我期待的那种积极和专注。他也很没眼色，我的焦急和忍耐他毫无察觉，每天仍旧无忧无虑，唱着歌，看着动画片和漫画书，优哉游哉地过日子。

我越来越沉不住气了：都是我教出来的，为什么别的孩子能做到的，我的孩子却做不到？

一天晚上，陪儿子写家庭作业。我带着他一点一点观察每个汉字的间架结构，每一部分在田字格里的占位，提示他每一个笔画在格子的何处落笔，何处收笔，手把手地体验运笔的轻重缓急，体验怎样顿笔行笔，怎样离纸出锋……一对一地“吃小灶”，可是儿子依然无法写出令我满意的入体的字，我心里的火苗抑制不住蹿上来，“哗”一声把儿子写的字撕下来，揉成一团，扔在了地上。儿子哭了，我也哭了。大家都知道，学校一学期一度的写字比赛，我的孩子们总是无一例外地勇拔头筹，哪一幅作品摆出来都是我的骄傲，可是令我黯然的是，我的儿子总也无法做到令我满意。那时先生在乡下工作，每逢电话铃响，我和儿子常常一起冲过去抢话筒，鼻涕眼泪地对着话筒控诉对方……

我终于渐渐地陷进烦恼里。直到有一天，在课堂上，我竟也忍无可忍地爆发了。

汉语拼音的学习早已经结束了，汉字已经学习了一大堆。那节课上的“温故”环节是“开火车”随机翻卡片辨读前后鼻音。“火车”开得又溜又好，我满心欢喜。可是开到儿子那里，竟卡住了。我的笑容一下子僵在了脸上，看他歪着脑袋，食指抵着下巴尖儿，一幅搜索记忆的模样，心里的火苗直往上蹿。我沉默了片刻，压住火，走到儿子面前，又继续翻了一张，示意他认读，他没有出声。我似乎较上劲儿了，又翻了一张，儿子不知道是真的不认识，还是意识到了一场暴风雨的即将到来，仍然没有出声。我终于一巴掌落在了儿子的后脑勺上，接着一把将他揪到了过道上。小小的儿子像一只轻薄的鸡仔儿，转了一百八十度，被我重重地顿在了地上。这突如其来的风暴让儿子有些反应不过来，一脸的惊恐、委屈，还有在小伙伴面前的羞愧，他哇的一声哭了。教室里鸦雀无声。儿子的哭声让我忽然清醒了，我知道，那一刻，那个盛怒又灰心的我一定丑陋极了，我的脸腾地烧红了，低垂双眉，甚至没有勇气用眼睛的余光去瞄一眼孩子们，但我心里却能无比清晰地感觉到53双瞪大的惊诧的眼睛，像53只闪亮的灯笼，一齐烤着我，让我无地自容。这个人还是我吗？还是那个一直以来以温和耐心、优雅娴静为孩子们所亲近、为家长们所信赖、为同事家长们所称道的“好老师”吗？那一刻，我迥然相异的表现把孩子们惊呆了。

我记不得那节课是怎么收场的，只记得满满的羞愧和内疚。那天晚上一直睁着眼睛，安静而清醒地躺在黑暗中，细细回忆和检点自己的粗暴行为。我伤害了儿子的自尊，浪费了课堂时间，也吓着了这些小鹿一样单纯可爱的宝贝们，过莫大焉！我终于理解了过去同事们那些“过来”的心情和善意劝诫了。我私下一直很自负，总以为自己的控制力不同一般，一定可以避免“前人”的种种困扰，与儿子共同顺利度过小学阶段。不曾想，事与愿违。

孩子是宽容的，他们仍旧很喜欢我，星期天常常申请来家里吃饭，向我问各种稀奇古怪的问题，并让我带他们去公园玩。尽管那时我要忙着料理家务，还要看书自修，但仍然乐意奢侈地拿出整天时间陪孩子们搞吃的，一起到大自然里撒欢儿。儿子和小伙伴们似乎很快就把那件不愉快的事情忘记了。但是有一天，儿子的问话忽然让我感到很震惊。

那是个星期天，我们玩累了从外面回来，孩子们各自回家，我和儿子也拐进了住宅楼的巷子，儿子牵着我的手，忽然仰起小脸问我："妈妈，你更疼我，还是更疼××？"我一下子怔住了，急忙蹲下来，拉住儿子的手，紧张地问："告诉妈妈，为什么会这么想？"儿子眼睛里流露出少有的羡慕："我觉得你对小朋友们比我好。"儿子的话让我心疼又愕然。回想过往，的确，我更多地看到了儿子的不足，对他的赞扬是吝啬了很多；儿子和小朋友犯同样的错误，我能够和颜悦色地教育引导别人的孩子，却对自己的儿子格外严厉；在平日的各项要求上，对别人家的孩子很宽容，对自己的儿子却常常是求全责备。为什么会这样呢，翻来覆去，细细忖想，终是彻悟了深处的根由：实在是爱之深责之切啊。那一刻，不禁鼻子一酸，顺手将儿子拾入怀中。我拍拍儿子的背："傻瓜，妈妈当然最疼你啦。记住，你永远都是妈妈最最爱的那个小孩！"

在我的教书生涯里，我无数次告诫自己："要像教自己的孩子那样，教别人的孩子。"而那个星期天的午夜，我却满心清明，郑重地在日记里写下一个句子："从今以后，要像教别人的孩子那样，教自己的孩子。切切。"

其实，两者都是为了爱。

前者，要求自己爱得入微、真诚。

后者，要求自己爱得平常、宽容。

2015 年 12 月 15 日夜

有些爱，是无法补偿的

早春二月，乍暖还寒。

周末，我和哥嫂一起回乡间探望父母亲。

车子一拐进父母亲房后的那条东西路，远远看去，我就被眼前的情景惊呆了：四岁多的小侄儿骁骁，跟在父亲身后，一边走一边扭着屁股跺着脚，手里还拿着一根树枝，一下一下抽在父亲棉衣的后背上，父亲却并不回头，也没有制止，仍然不紧不慢地走。——这是我的父亲吗？是我那位严厉得让妻儿兄弟大气都不敢出的父亲吗？

行至跟前，我们都下了车，围着一脸不满和倔强的小侄儿，想要探问个究竟。

原来，小侄儿要去街边的小商店里买零食，恰恰店主有事没能营业。父亲带着他去了周围几家店铺，都没有找到他要的那种。父亲说，等开门了咱再来买。可是，好商量歹商量，小侄儿就是不达目就决不罢休。

我们一起蹲下来哄骁骁，车上有好吃的，回家先吃着，等开门再来。可是孩子闹得更凶了，仍然不停地将树枝抽在父亲的棉衣上。

哥哥终于忍无可忍地火了，将他手里树枝夺下来，扔到一边。小侄儿便改用双手扑打着父亲。哥哥拎小鸡将小侄儿一样从父亲身边择开，顿在一旁的地上，低声吼道：站好了！

小侄儿立刻号啕大哭，泪如雨下：“妈妈，我要妈妈……”父亲的眼圈一下子红了，赶紧把骁骁搂到怀里，皱着眉头无奈地对哥哥说：“你别弄叫他哭，小孩子懂什么！这么小爸妈都不在跟前，已经很可怜了。”

看着父亲搂着小侄儿的情形，内心刹那禁不住一阵柔软和疼痛。弟弟高中毕业没有考上大学，他像无数农村青年一样，婚后，夫妻双双背井离乡，加入了浩浩荡荡的打工大军，去了几千里之外讨生活。他们的孩子骁骁也就理所当然地与我的父母亲生活在一起，成了一名留守儿童。

弟弟一走三年多了，每逢春节才能回到老家看看父母和孩子，然后继续上路。

起初，我们都非常放心，因为父母亲的生活有我和哥哥照应着，一切条件都还算好，我们又都知道，父亲是个严厉的人，教育孩子很有规矩和原则，不会宠坏了孩子。

而事实上，在这三年多里，随着回家看望父母次数的渐多，我们的忧虑也就越发沉重起来。骁骁越发任性和顽皮了：要什么东西就必须立刻到手；对待爷爷奶奶和来家的客人没有礼貌；在幼儿园里时常和小朋友发生摩擦，不服从老师的管理；总是不停地动，一分钟也安静不下来，每次想给他讲个故事，都根本不可能。

父亲将哭闹的骁骁抱回家，想各种办法耐心哄着。一向被父母亲宠惯了的骁骁第一次受到这样的呵斥，觉得委屈极了，闹得特别凶，不停地哭着要妈妈。到了午饭时刻，好不容易停住了哭闹，却仍在伤心地抽抽搭搭。饭菜上桌之后，骁骁用手指了指烧肉丝，父亲很快将盘子端到他的面前，说："好，这个都是你的，谁都不许吃。不哭了，快吃吧！"

我和哥哥都不再说话，默默低头吃饭。但我敢保证，哥哥一定和我一样，想起小时候吃饭时父亲对我们的严苛要求：食不言；寝不语；吞咽不许出声；夹菜只许夹自己面前的位置……更别提将盘子往自己跟前挪一点点了。可是如今，父亲似乎完全忘记了这一切。

闹了一上午，孩子累了。午饭后，偎在母亲的怀里睡着了。

父亲长叹一声，说："我知道你们心里一定都在怪我，怪我太溺爱骁骁了。可是，孩子这么小就不在父母身边，多可怜，要是再被爷爷奶奶批评，哪里还有一点温暖？我最听不得骁骁哭着喊妈妈，揪心，我就是想多补偿孩子一些疼爱。"说着，又是一声长叹，声音竟有些哽咽了："人老了，空闲的时间多了，常常想起年轻时教育你们兄妹的很多事情，真是很后悔啊，当年对你们管得太严厉，不该常常打孩子，下手太重了，想想就心疼得慌……现在看看骁骁，真是舍不得拍一巴掌……"

听着父亲的声音，看着父亲老迈的样子，心下一紧，眼睛也湿润了。我忽然懂得了父亲的心思，是一种强烈的补偿心理让他这般不可思议地娇纵着孩子。——他将自己当年对我们兄妹的"亏欠"，将弟弟夫妻对骁骁的亏欠，全都不能自已地补偿在骁骁身上了。

当年父亲在村里是出了名的严父，邻里们都说，父亲管教出来的孩子个个中规中矩。我恋爱时也曾与先生说，将来大可以放心地将孩子交给父母亲照看，我父亲一定不会像别的老人那样，无原则地溺爱孙辈儿。没有想到，父亲竟从一个极端走向了另一个极端，这种补偿心理，让他完全忘却了当年常常挂在嘴边的"溺爱即大害"的简单道理。

返回的途中，我给弟弟发了短信：挣钱养家非常重要，孩子的教育更重要，钱可以少挣一点，日子可以紧巴一点，可孩子的教育犹如农时，等不得的，误一时便是误一季。辛苦一点，回来把孩子接到身边去，爷爷奶奶再多的爱也补偿不了父母之爱的缺失。

事实上，有些爱，真的是无法补偿的。

2016 年 3 月 28 日

自制，才能自由

许多年里，我与先生一直两地工作，因此，家，就成了我和儿子两个人过招搭戏的精彩舞台。

儿子聪明伶俐，爱好广泛，主意也特别多。他不仅每天买报读报、看漫画、读故事书，还特别迷恋动画片和赵忠祥主持的《动物世界》《人与自然》，只要一有可乘之机，就会像蚂蚁恋着蜜糖，即刻如痴如醉地胶着在电视机上。尤其是可以自由点播电视节目以来，儿子的情绪更是大为振奋，一放学便飞也似的窜回家去。近段日子，儿子家庭作业的整洁度和正确率明显降低了，常常到该睡觉的时间，作业还没有完成，草草了事现象频频发生。对此，我一副置若罔闻的样子，只是叮嘱儿子：放学回家先写好作业，再干别的事情。

而事实是，我每天放学后还有一段自由办公、业务学习或是召开例会的时间，不能和儿子同时回家，所以根本没法监督儿子课余时间的安排和利用。为此，一段时间里，我与儿子看似轻描淡写实则不依不饶地演绎了一场拉锯式的对手戏：

下班回家，我首先到卧室走一圈儿，然后平静而又肯定地对正在写作业的儿子说：你没有听妈妈的话，先写作业再看电视——你先看电视了，这样很不好。儿子便会一下子松弛了装得一本正经的小脸，诧异地说：“你怎么知道？”我说：“电视机告诉我的呀，昨晚我关机时，可不是现在打开的这个频道。”于是，儿子下次再打开电视时，便会预先记下原来的频道，关机前，先恢复原状。可是我回来后，仍然会半仙儿似的对他说：“你又先看电视了……你摸摸，电视机是滚烫的。”于是，再回家时，就会发现电视机的散热孔上留下了一些小手印。儿子会一边看电视，一边不时地检查电视机的温度，热了，烫了，就停下来去写一会儿作业再来看。当然，结果可以想见——仍然没能逃过老妈的火眼金睛。于是，儿子为了抹去散热孔上出卖他的小手印儿，就把电视机用湿抹布擦得干干净净；为了不突出对电视的特别“关注”，不得不延伸到隔三岔五把家里的地板也擦一遍……

一段时日之后，下班回到家里，我只字不再提电视机的事儿了。可是儿子终于绷不住了，像几个筋斗也翻不出“五指山”的孙猴头，充满挫败感地一头倒进沙发，对我大发感慨：“妈妈，一个小孩想看一会儿电视可真是太麻烦了！”

我得意地笑了。其实，我从来不反对儿子看电视，他看的内容也都是我之初引导他看的，只是近来时间用得太多，有些失控了，不得已才干涉一下。

似有神助，接下来的一天中午，放学走到十字路口，恰好红绿灯坏了。没有交警指挥，车来人往，我们手牵手几次尝试闯过马路，却因为无法冲断络绎不绝的车流而没能成功。我陡起“阴谋”，别有用心地问儿子：“以前等红灯时你总嫌麻烦，现在你觉得没有红绿灯好吗？”儿子说：“没想到，还真是不好。”我说：“是啊，有了红绿灯的调控，该走时走，该停时就停，接受‘红灯停’的限制，才能享受‘绿灯行’的自由，每个人都自觉遵守才能维持良好的交通秩序。小孩子的学习生活也是一样的，需要维持一个良好的秩序，每天按照预定的计划，到什么时间做什么事，该写作业时就写作业，该玩耍时就玩耍，自觉遵守自己的‘红绿灯’才会学得踏实，玩得快乐。你觉得这阵子看电视看得快乐吗？”儿子摇摇头。我接着问：“为什么不快乐？”儿子想了想，诚实交代：“一边看电视，一边担心作业还没有做好，也怕被妈妈发现，看得一点儿也不痛快；作业写得太快，错误太多，有时候还要被老师批评……自己都觉得自己不是个好孩子了……”

我说是的，没有红绿灯的调控，我们没有了约束，同时也失去了行走的自由。每一个小孩，包括大人，都必须先学会自我控制，合理调配时间，接受约束，做好该做的事，才能获得真正的自由和快乐。就此，我和儿子和平约定：每天放学第一件事就是认真写好家庭作业，力求书面清新整洁，然后细心检查，提高正确率。一切妥当之后，可以看 40 分钟左右的电视节目。睡前自觉预习第二天要学习的课程，备齐第二天要用的学习用品。观察一段时间之后，如果确是具备了良好的自控能力，可以根据电视节目的时间表自主调整作业的次序，但是时间一到，必须立刻转入作业频道。儿子爽快地答应了。

慢慢地，一切重又按部就班，纳入了正轨，儿子的作业重又恢复了往日的质量。电视节目点播功能开通激起的波澜终于慢慢平复。

蒋勋在《甜》里说：“每个儿童都像一只蜜蜂或蚂蚁，对甜味特别敏感，上天入地，都能嗅到甜味所在。”的确。孩子爱玩，爱游戏，爱看电视，都是天性，就像蜜蜂或蚂蚁对于甜味的嗅觉一样自然而然，无比灵敏，而又不屈不挠。任何形式的堵，都是违逆孩子的天性，都是徒劳。只能耐下心来，慢慢让孩子明白，一个懂得自制的人，才会获得真正的自由和快乐。

2016 年 7 月 11 日

我可不想“引火烧身”

自从儿子小曦出生，我与先生日常生活中的言语都很自觉地趋向直接、浅白，甚至偏于幼稚，因为我们怕小小的儿子听不懂，但一件很偶然的事情消除了我的顾虑。

一个星期天，先生带着儿子玩耍，我在客厅打扫卫生。正干着活儿，先生好为人师，跑过来指手画脚进行理论指导：拖把怎样才能贴紧墙角，怎样用力才不会蹭脏了墙壁，先把沙发移到什么位置整个程序才最“经济”……我索性将拖把塞到他手里，来来来，你干，我看，现场演示……“这这这……我这可真是‘引火上身’自讨苦吃啊……”哈哈，先生一边接过拖把，一边无可奈何地感叹，刚上幼儿园的儿子站在旁边和我一起拍手大笑。

不久以后的又一个星期天，我一边收拾着被他们爷儿俩疯乱了的家，一边和所有爱唠叨的女人一样，数落着他俩。说着说着，竟愤愤然起来。他俩面面相觑，躲到卧室里接着疯玩去了。

忙碌中的时间总是过得飞快，时近中午，只听先生小声对儿子说：“去问问妈妈，今天中午我们吃啥？上街买菜好不好？”接着，就听儿子用更小的声音说：“嘘——爸爸，还是你去问吧，我可不想‘引火上身’！”儿子一个“引火上身”让我绷紧的脸瞬间放松下来，忍不住“哧啦”一下笑出声来。哈哈，谁说小人听不懂大人的话，这一个“引火上身”用得多么恰切！我丢下手里的活儿，窜进卧室，在儿子的小脸上狠狠吧唧了好几下。

这让我暗自惊喜了好久，也情不自禁地想起了小时候，在特定的情境中听懂的一些与年龄很不相称的语言。记得童年里，每逢我们兄妹几个不懂事给母亲惹麻烦的时候，或者到了换季需要添衣而经济却捉襟见肘的时候，便会听母亲无奈地喃喃自语：“多根头发多个结。”慢慢地，我懂了，我也是妈妈头上的一个“结”；那时，为了供我们读书，母亲农闲时节会在街边搭摊儿，卖点青菜豆腐之类赚点小钱，有时卖到最后就减价处理了，自己却从来舍不得吃，每逢此时，母亲便也会喃喃自语：“卖盐老婆喝淡汤。”几番思忖之后，我懂得了融于“淡汤”里浓浓的母爱……尤其在成长的过程中，随着岁月的流逝，这些语言总是越发滋味深浓。我豁然开朗：原来，情境，才是最鲜活的辞典。

从那以后，我们重新恢复了以前的语言习惯，彼此之间，继续“拽文儿”，不失时机地“卖弄”，甚至不拒绝需要绕几个弯儿的冷幽默。有时，我们也会有意识地提醒儿子去理解，譬如：我和先生皮闹，常会像冲锋的战士一样冲上去，拿先生当沙袋，拳头雨点儿一样落在先生身上，先生就会挺直腰板儿，岔开双腿，抱臂胸前，头一昂，得意而又不屑地对儿子说：“儿子，看着看着，这就叫‘蚍蜉撼树’！就是小蚂蚁摇大树，哈哈……”我们一起在路灯下散步，地上的影子一忽儿在前，一忽儿在后，一会儿又踩在了脚下。儿子兴味盎然，在路上又跑又跳，东躲西藏，一再地企图把影子甩掉，看着他幼稚可爱的小模样，我们都笑得不行，我告诉儿子：“这就叫‘形影不离’，你的身体和你的影子是分不开的。妈妈走到哪儿，你就走到哪儿，就像影子离不开身体一样跟着妈妈，也叫‘形影不离’，表示我们俩关系好，老是在一起……”有时，我们对话之后哈哈大笑，看着儿子也笑，就会请他说说：听懂了啥？儿子也总会毫不谦虚地显摆他的聪明，对我们解释一番，有时候恰切得让我们惊喜莫名，当然，有时也会离奇得把我们笑倒在沙发里。

慢慢地，儿子可以听懂很多我们日常谈话的内容，也偶尔“语出惊人”，使用一些比较成熟的词语表达自己可爱的小心思，我们也慢慢习惯了他的语言风格。但是，每每去乡间度假，儿子便常常惹得外公外婆、舅舅舅妈大笑不已，一副幼稚的小人模样，还加上强调的语气，开口闭口“我认为……”“万一……就……”“虽然……但是……”有一次还适时适境地用上了“此地无银三百两”。后来，儿子上小学了，三年级时写日记，居然读到这样感慨：“时光，像一个巨大的沙漏。”瞬间，这句子带着一股巨大的感伤，扑面网住了我。我真惊讶不已，又欣喜不已。

儿子的语言发展给我最大的启示是：父母，是孩子成长最重要的软环境；情境，是孩子学习语言最鲜活的大辞典。

2016 年 7 月 13 日

我的儿子是警察

我儿曦曦，从小就爱阅读，喜欢漫画，迷恋赵忠祥的《人与自然》《动物世界》。小学起，他就会用自己的零花钱每天买一份《扬子晚报》，初中开始读韩寒，高中开始读王小波，还不忘以一副成熟男人的姿态教育妈妈：女人，怎么能不读周国平（也就从那会儿，我正式开始读周国平）！

“时光，像一个巨大的沙漏。”三年级时，批阅他的日记，一声这样的感慨，就以一股巨大的感伤扑面网住了我……我以为，他长大后会成为一位作家。

他爱猫，爱狗，爱乡下外婆家的猪牛羊。他的枕头下，被窝里，笔袋子里，书桌抽屉里，到处都是各种仿真的塑料昆虫、卡通小动物造型，常常吓得我心惊肉跳。早春二月，便软磨硬泡，央求我将街边的小炕鸡买回家养起来。然后，一只一只冻死；然后，一遍一遍哭鼻子。我以为，他长大后会开一家宠物店，或者做一位动物医生。

一年四季，他按时起床，晨跑，打球，举哑铃，练拉力器……袜底儿棉纱磨尽，只剩下透明的丝网……流淌的光阴里，他瘦长跳脱的身姿恰似一条自得的鱼。我以为，他长大后会成为一名职业运动员。

可是，可是可是……真有点回不过神儿来——我的儿子成了一名警察。

家人朋友都知道，我和儿子没有代沟，节假日总是“出双入对”“扳脖子搂腰”，年糕似的黏在一起。从小学到大学，他喜欢哪个女孩子都会第一时间喜滋滋地暗里与我分享。我也毫不客气大事小事地搅扰他，整天没大没小地混成一片。可是自从儿子做了警察，我再也没有主动给他打过电话、发过微信，还像一道严密的防护墙，看紧家人不许轻易联络他。因为他是一名高速交警，整天面对的是川流不息的车和各种各样的人，特殊的工作环境潜伏着各种危机。每次想要联系他，总会想，儿子这会儿会不会正在执勤？会不会正在开车巡路？会不会因为一分神出了危险和差错？我以一颗母亲的心，近乎神经质地想要杜绝任何一种让人悔恨终生的“可能”。我希望儿子每天都能够专注地工作，平平安安出勤，快快乐乐回家。每到浓雾大风雨雪的日子，我常常不能安睡，坐在夜色里想象仍然稚嫩的儿子穿梭忙碌的样子，将他从小到大的“故事”再漫漫“复读”一遍。我每天只是耐心地等，等手机的屏幕亮起来，整个世界便也霍然亮起来。

儿子成了一名警察，仿佛一夜之间长大了。他不再是那个需要我们保护和援助的小男孩。不知道从哪一个时刻，我们互换了角色，他成了我们的家长。

他的电话不定时地飞来，他会和我讲今天处理了哪些事故，“祸根”在哪儿。然后像父亲关照自己的孩子那样，叮嘱妈妈在马路上行走需要注意哪些事项；他会不定期地调看爸爸的行车记录，关注几时超速过，几时违停过，教会爸爸行车途中怎样避开外部危险，怎样避免制造危险，为了自己和他人的幸福，哪些规则必须牢记于心、时时恪守……我们的家庭微信群常常成了他普及交通法规的小课堂，晓以利害，语重心长。我和先生就像两个乖小孩，认真学习，用心领会，严格遵守，并殷勤教育其他的亲人和朋友。

除此之外，儿子经济独立了，再不肯接受我们的援助。他用自己第一个月工资为我们各买了一双品牌运动鞋。他说，最大愿望是爸爸妈妈健健康康平平安安。儿子平素是个朴素节俭的孩子，但是我们的生日、节日，他从不忘记为我们准备礼物。他为爸爸买精致的手包，送妈妈派克笔，为爸爸妈妈换了新手机……我埋怨他太浪费，他说，值得纪念的日子不是天天都有，在力所能及的范围，我想给你们最好的。儿子和我同一天生日，每年这一天，他从不忘记为妈妈快递鲜花和巧克力。每每这样的时刻，我都会觉得自己是世界上最幸福的妈妈，我都会无比欣慰地给儿子发去消息：儿子，你是全世界最帅最孝顺最浪漫的警察！现在，儿子买了房，每个月自己还房贷。我说，儿子，不要太辛苦，如果有需要随时讲一声，妈妈是你坚强的后盾。先生想得多，他一再地叮嘱儿子："你现在的确需要钱，但是一定要记住，执勤中，不该拿的钱绝不伸手！"儿子笑了，给爸爸吃了一颗定心丸："老爸放心，我不糊涂。'君子爱财，取之有道'。"

儿子做了警察之后，我最害怕看到媒体报道的那些恶性伤害事件。物质空前繁荣，以致精神未能及时跟进，伴随人心的浮躁，类似"路怒族"的各种族类的自然繁衍，让我对做警察的儿子忧心忡忡。我对儿子说得最多的一句话就是：儿子，你一定要学会保护自己。儿子总是安慰我：没有你想象得那么严重，做贼的总是心虚，邪恶遭遇正义自然软掉七分！

今年十月中旬的一个下午，儿子在家庭微信群里发了两张图片，衣裤上、鞋子上全是泥水的痕迹，警车旁边还蹲着一个人。我没有看懂，赶紧问："儿子，你掉沟里了？""旁边那人是干啥的？""……

儿子，你不会又去抓坏人了吧？”过了很久很久，儿子才回复：“抓到一个‘三逃犯’。”先生马上发去一个竖起的大拇指：“儿子，厉害！很男人！”我一下子就急了，冲着先生“吼”起来：“滚！要是那个人带着武器呢？要是那个人返身袭击儿子呢？要是……我可就这一个儿子……”第二天，报纸上，电视上，网络上，我看到了关于儿子的新闻报道，在熟人朋友的赞扬声里，暗自汹涌的是一颗做母亲的“不崇高”的心。儿子自入职以来，多次被报道，被系统通报表彰，为儿子自豪的同时，我更多的是担忧。我对儿子说：“妈妈不希望你有多么勇敢，多么成功，只希望你平安快乐。”儿子认认真真对我说：“妈妈，既然选择了做警察，所有发生在我眼前的事，都是我的事，我一定得管。我会尽可能地保护自己，做一个有勇也有智的人，但我不想做一个苟且的人。我有自己的职业价值观，我想用自己的努力去维护自己的职业尊严，我想活成我想要的警察的样子。”

一转眼，儿子入职已是三年有余了。他一如既往地阳光，乐学，充满热情，也获得过许多锻炼和荣誉。工作之余，他读书，习字，写作，运动，和心爱的女孩一起经营自己的温馨小窝，过着充实而快乐的生活。

人，是多么奇怪，自从儿子成了一名警察，我觉得所有的警察都瞬间可爱了起来，他们都成了与我相关的人。每每走在城市的街头，看到川流不息的车马间那些威严飒爽的英姿，我的心底与眉眼之间就会情不自禁涌满笑意和温暖，连路过收费站把钱递出去都变得那么愉快，那么心甘情愿。

慢慢地，我懂得了警察工作的甘苦和意义，认同了儿子的人生追求。

除了支持，唯有祝福。

2016 年 12 月 29 日

代跋：散与群芳自在春

文｜梁忆

看到安妮宝贝的一句话：“一切外境都是自心的显现”，突然就想起了梅子。

没错，一个人的衣着修饰，所喜的书，所好的音乐，案上摆的书籍，甚至插在清水瓶里的一枝白掌，都是一个人自心在外境的显现。从中，你能观照一个人所属的气质。而梅子呢，清瘦纤纤的梅子，白净的皮肤，浅浅的笑，黑黑的闪着青春光泽的长发，有时候一袭长至脚踝的清浅飘逸的棉麻裙，一双文艺的平底鞋；有时候一条水磨蓝的牛仔裤裤搭配一件白衬衫……一脸清纯而安静的表情，读书和工作的时候，永远是一副笔直认真的坐姿，这让年过不惑的她，怎么看都像一个未谙世事的学生。

梅子的家也是纤尘不染，简净清纯如她本人，几乎清一色的白：白的门，白的窗帘，白的书橱，白的书桌，就连橱柜也是白的。

有一次我和她说起我做的一个梦，玩笑地告诉她我前世可能是个尼姑。谁知她却说，我也是尼姑呢。想想也是，看看她空空如也的书桌就知道了，平日里，她的书桌上除了正在读的一本书，夹在书中的一根铅笔，就什么都没有了。她的儿子和先生常常笑她的书房像尼姑的诵经堂一样清素。她便问我，我的书桌是不是太素了？我毫不掩饰地说，是。于是，她便在书桌上摆了一个清水瓶，养了一株白掌，绿叶白花。终究是清水般的素淡清简，还真应了她“清供”的心性。

梅子的名字里有一个“梅”字，且是一株开在寒冬里的孤冷高洁的白玉梅。“梅”，是“散与群芳自在春”的梅。似乎冥冥之中，注定了她梅一般的天性。有一次，一位多年喜欢梅子文字的博友给她发来一则消息，说预备出一本书，并提到她当年赠予梅子的一首诗，若征得梅子首肯，她便将此诗录入即将出版的书中。梅子回溯到三年前的那首诗，看看诗前对她过誉的简介，再看看前前后后的受赠者尽皆文学界与教育界的高人，淡然逃开了。她从来受不得名利的羁绊，也从来无意入足。她一向贪恋那份清静里的自由、欢愉与淡泊。她是寒天里花开自在的一树梅，避开群芳懒争妍，那样的美誉那样的热闹，于她，不过都是一种赘加。只做自己，自得自足，那种“空山无人，水流花开”的心境是何等的自在无碍呀。

和梅子相交久了，很容易被她的快乐和幸福所感染。心下暗想，她真是个世上少见的幸福女人，总是一副单纯快乐、静若处子的样子。世上的尘扰天女散花般纷纷落下，于她就是不着身不着相。从来没见她说过烦恼，没见她有过抱怨。世是尘的世，尘是世的尘。生于尘世，她怎么就那么快乐呢？于梅子，老公疼儿子爱，家庭和美自不必说；工作上不争名逐利、不随波逐流，得失无碍亦不必说。靠近读书写字的梅子，你会发现，她能做到知行合一，把书中的道理融入自己生活的方式，约束自己，修养自己。读书写作是她生活中重要的一部分。她说：“读书、喝茶、写作、旅行，都是为了获得内心的宁静和快乐，如果这些可以超越可见的形式，以捷径抵达，那么一切可见的形式都可以省略了。”想来，如此简单充实的梅子，一颗不断内求的心，又怎能装得下那些世俗的纷扰呢。

前两天她在朋友圈里分享了一篇周国平写杨绛的文章，我从中看到杨绛对生与死的透彻而深刻的理解，觉得许多话说到自己心里了，非常好，也分享了一下，也因此引发了梅子的深深感慨。她说：“杨绛总能给我带来巨大的精神安慰和力量，她是一位最合我精神尺度的作家，是她养就了我的一份安静与自由，内心极度沉郁的时候，杨绛的文字让我豁然释怀。幸运的是，在我最困难的时候遇见她，使得我有力量一如既往地坚持做自己。我得出的结论是：人与环境是彼此作用的。不是你要对环境逆来顺受，而是要把你固有的样子慢慢释放给你所处的环境，让这个环境慢慢认识你，适应你，接受你。这个世界怎样对待你，往往取决于你怎样对待自己。‘不入流’未必就得死，哪里都一样。”我一下子明白，原来快乐无忧的梅子也有过这样的格格不入，原来她的这种快乐不是与生俱来的。但这对于梅子来说，似乎又是必然。这是她在后天的审视、内省中不断地修正自己的结果。她终于做定了那个喜欢的自己，并一直能这样做下去。

梅子的文字安静而有力量。她对生活的体悟时时处处都是自心的显现。梅子去藏边旅行，途经甘孜，看到因地势而成的川流激越跌宕，写下了这样的感悟：“生于忧患，死于安乐。诚然！有了冷与热的对立和均衡，才有了风的飞翔；有了岩石的撞击、跌落的疼痛，才有了水的如雪浪花与快乐歌唱；有了忧患的不断挑战，人类才充满征服和创造的斗志……这便是大自然以最朴素的方式揭櫫于人类的至简大道。”她的文字带着一种警醒，让人在迷茫与恍惚中拨云见日，从而获得前所未有的方向和力量。

像一条自在的鱼，在自己的海域里，以舒适的姿态游来游去。梅子在《安静，是一种力量》中说：“世上最高格的美，莫过于没有任何依附与指靠的美。它，是海兀自为自己蓝，是花兀自为自己开，是光阴兀自为自己奔流，是每一株生命为了生之本身的真义与尊严，兀自摇扬葳蕤。”

2015 年 9 月 6 日